THE FUNNIEST MAN
IN THE WORLD

喜欢在红地毯上撒尿的小猪猪

以法莲·基雄幽默故事集

〔以色列〕
以法莲·基雄 著

脱剑鸣 译

人民文学出版社
PEOPLE'S LITERATURE PUBLISHING HOUSE

著作权合同登记号　图字 01-2022-4067

Ephraim Kishon
THE FUNNIEST MAN IN THE WORLD

Copyright © 1989 by Ephraim Kishon.
Simplified Chinese edition Copyright © 2023 by Shanghai 99 Readers' Culture Co., Ltd.
All rights reserved.

图书在版编目(CIP)数据

喜欢在红地毯上撒尿的小猪猪:以法莲·基雄幽默故事集/(以)以法莲·基雄著;脱剑鸣译. —北京:人民文学出版社,2023
ISBN 978-7-02-017657-1

Ⅰ.①喜⋯　Ⅱ.①以⋯ ②脱⋯　Ⅲ.①短篇小说-小说集-以色列-现代　Ⅳ.①I382.47

中国版本图书馆 CIP 数据核字(2022)第 237064 号

责任编辑　卜艳冰　刘佳俊
封面设计　李苗苗

出版发行	人民文学出版社	
社　　址	北京市朝内大街 166 号	
邮政编码	100705	
印　　刷	山东新华印务有限公司	
经　　销	全国新华书店等	
字　　数	150 千字	
开　　本	890 毫米×1240 毫米　1/32	
印　　张	6.875	
版　　次	2023 年 2 月北京第 1 版	
印　　次	2023 年 2 月第 1 次印刷	
书　　号	978-7-02-017657-1	
定　　价	59.00 元	

如有印装质量问题,请与本社图书销售中心调换。电话:010-65233595

目录

001		旅游癖
009		双人凤尾船
017		没有跳蚤的国土
023		维也纳存衣间里的奶奶们
027		斗牛艺术家
034		冠军白痴
037		的士操
043		礼节
046		代理人
054		犹太扑克
060		浓香咖啡中的灵感
063		蓖麻油纸上的财路
066		车管
068		羊排
071		海底探宝
075		请告诉我房号
079		大逃亡

085	生来自由
090	耶路撒冷魔怪
095	先锋派数学
101	避税总动员
106	贺卡灾
110	知识竞赛
116	咳嗽交响曲
120	辩护律师
126	妙手回春
131	哨声叫停
135	当心,水太浅
140	富翁还债
147	最硬的硬币
152	花生豆
156	保姆经济学
162	管道工
165	喜欢在红地毯上撒尿的小猪猪
170	侮辱与伤害
176	头发的故事
182	全家出行的乐趣
186	末日四骑士
192	最后的匠人
198	海阔天空
202	皮箱人生
204	易齐的媳妇
209	布劳弥尔希运河

旅游癖

出国旅游在全世界都很盛行,在以色列,更是一种癖好。

原因有几层。最主要的,我们国家气候炎热,热得跟纽约没什么两样。一年四季,你都像一只晒干的西梅,蔫巴巴的。有句流行多年的俗话:"如果感觉模样接近护照照片,那就该出国旅游一趟了。"

跟其他国家的人比起来,以色列人更有理由出国旅游。第一,您知道吧,这国家人口多半不是土生土长的,他们成年后选择这地方作为自己的祖国,所以时不时地有种跑回老家溜达一圈的冲动,比较比较究竟哪个地方更好,看看移民到这儿究竟是不是一个错误的决定。第二,这袖珍国只有一万二千平方英里①的地盘,大家对这儿的每一粒尘土都了如指掌。如果有人告诉你他明天想出发到全国转转,细细考察一番,你会问:"那您后天干什么呢?"

但是,以色列人喜欢出国旅游的最大诱因却来自政府。政府反对大家出国,这反过来激起更大的出国热情。这一点是毫无疑问的。

---

① 1平方英里约为2.59平方公里。

政府反对公民去国外旅游,有现实的考虑,也有精神层面的理由。第一,犹太人的常识是这样的:为什么要跑那么远去逛?犹太人还需要旅游吗?待在祖国不是很好吗?第二,《圣经》里说得很明确(《圣经》往往跟我们的政府一个鼻孔出气),该隐犯了弑兄大罪,上帝要处罚他,把他变成了一个旅游者:"汝将四处流浪,永无定日。"该隐听到宣判,涕泗纵横,仰面长叹道:"如此酷刑,吾将不复为人也!"第三,从经济层面考虑,政府认为国际旅游本来是一件吸引外汇、促进发展的机会,当然,这有个前提条件,就是让地球上其他地方的人都到我们这儿来。我们国家的人跑到其他国家旅游则绝对是一种毁灭性行为。想想吧,以色列人在移民到这儿之前,汗流浃背,好不容易攒了几个钱,刚带进来,却又拿出去挥霍个精光!就像个要饭的,刚从一家豪华餐馆里讨得几块钱,还没来得及转身,就在同一家餐馆点了一份大餐。

所以,政府看着这些往国外跑的人,就会一脸的不得劲儿:"你想出国旅游?"政府会说:"去吧。这是一个自由国度。如果你连脸都不要了,就尽管往外国跑吧,会有办法整治你们这种人的。增加税收,你得把裤子也卖了,光着屁股出国旅游去吧。"

政府历来说话算数。夏季刚到,卖裤子计划就开始实施了。但想旅游的人谁也挡不住。据说政府很沮丧,迫不得已派了很多特务到世界各地的旅游景点,只要见到以色列的卖国贼,就丢下一句狠话。有人亲眼见到,雅典卫城的一根柱子上刻着一句希伯来文字:

势利鬼!太巴列你去过没有?

太巴列是我们自己的旅游胜地。

当然,出于某种技术原因,具体说就是缺乏足够的交通费用,不是所有的以色列人都能出国旅游。出不去的只能充当受迫害、受欺侮的少数。

我第一次遇到这种情况,是在今年夏天。我告诉我的邻居菲利克斯·赛里格,说我们打算去欧洲转一圈。他算是我家的老朋友,我刚把这个机密透露给他,想让他分享一点儿我们的快乐,哪想到他的反应让我大吃一惊。他突然脸色惨白,身子一晃,喘着粗气。随即他扶着墙,站稳脚跟,说道:"好哇好哇!"我感觉他的声音有些嘶哑,"如果您不介意的话,我想问问,您打算去哪儿?"

"罗德岛、意大利、瑞士、法国、英国,有可能的话,也去美国……"我答道。

"就这几个地方?"老邻居浑身发抖,但还是一脸的不屑,"祝您一路顺利,先生!"

一个抬头不见低头见的邻居,喊我"先生"!他说完便转身离开。我吃惊不小,我怎么得罪他了?

第二天我想向赛里格说声道歉,他却看也不看我一眼,径直朝街对面走去了。住我楼上的一个女人迎面朝我走过来,眼睛里冒着火。"真的吗?"她像蛇一样发出嘶嘶声,"去哪儿?"

"罗德岛,"我说,"也有可能再去一趟意大利。"

"好哇好哇,"女人说,"再见,先生!"

显然,邻居们都抱成团,把我们一家孤立了起来。随后的几天,我有意识地躲着,不愿在公开场合露面。可还是躲不过去,在院子里碰到了一楼的邻居。

"去罗德岛待一周,"我没等他说话,自己先开口了,"就一周……罗德岛……只一周时间……只去罗德岛……"

"只一周?"他哼了一声,"去吧。"

让我欣慰的是,他没有说"先生"二字。看来我刚才说话的语气没错。出发前的最后一周,我逢人便说:"我们去钓鱼,就去海边,不远。"

总算可以过关了。

为什么要旅游,这问题似乎有答案了;但怎样旅游,多数人还是一无所知。十多年了,我们住在以色列,哪儿都没去过。现在,我们都像一只只雏鹰,长上了翅膀,想离开父母的巢窝,可依然担心翅膀是不是够硬,担心发动机会不会突然熄火,说白了,就是担心口袋里那点儿钱能不能撑到最后。

怎么办?

特拉维夫郊区某个地方有片小树林,林子里住着一个上了年纪的"猫头鹰"。据说他行路万里,无所不知。出过国,数不清多少次了,经历过不少苦难,无数次被海关安检搜身。如果这世界上什么人能对我有些许帮助,应该非他莫属了。

对了,老猫头鹰姓利不湿。

一个星期六的早晨,我和我家的小女人开着车,找到这片林子。利不湿蹲在一根弯弯曲曲的枯树枝上,一动不动,只有那双犹太眼睛时不时地忽闪一下。

"大师!"我们俩开始向他倾诉满肚子的苦恼,"怎么办?什么时间合适?从哪儿出发?去哪儿好?究竟图个什么?"

"请坐下慢慢说。"利不湿滑进树洞,去为我们俩沏茶。出来后,他便开始就出国旅游这一话题侃侃而谈。他说:"许多人认为钱就是一切。说得很对!倒不是因为外国物价昂贵,而是因为你在国外休想贷款,也别指望出去后还能挣几块钱。你以为那些异教徒会把他们的钱分一些给你们这些犹太人吗?一分都别指望。"

"大师,"我说,"我能歌唱。"

"孩子,"利不湿说,"别说废话。财政部发给你的那点儿钱,你得守好了。装到贴身的内衣口袋,用别针别好。除非肚子饿了要买吃的,其他时候千万别动。就是在买饭的时候,掏钱也得极其谨慎。去餐馆吃饭也得有所选择,如果站在门口的服务生超过两个,就千万别进去。如果服务生想给你点支蜡烛,你就赶紧走人。你要知道,这种餐馆会把你剥个精光,你也许只能穿着裤衩出来了。还有,千万牢记,务必牢记,如果菜谱上哪道菜只有法语名字,绝对不能点!如果他们把煮鸡蛋更名为 canapés d'oeufs durs au sel à la Chateaubriand①,最好拔腿就跑,越快越好。"

"大师,"我打断他的话,"我旅游不是为了吃,我是想过得愉快一些。"

"明白,"老猫头鹰利不湿忽闪忽闪地眨巴着眼睛说道,"且容我把旅游的乐趣一一道来。捡要紧的先说。你带不带老婆?"

"带。"

"一个乐趣可以勾销了。剩下的只有风景、剧院、博物馆和家庭邀请。风景大多是免费的,瑞士除外。到了瑞士,在海拔为零的

---

① 法语:夏布多里昂式鸡蛋吐司。

地区，你呼吸每立方米的空气得付一点五瑞士法郎，随着海拔的上升，价格还会不断增加。

"剧院问题不大。但你得记住至关重要的一点：演出结束的时候，得去找到那位衣着优雅、小拇指抠着鼻孔的男人，用流利的希伯来语跟他说话，别管他能不能听懂，你只管说，里面夹几个英文单词，'艺术家''批评家''工作室'，足够了，让他明白你是从阿拉伯国家来的剧院经理或演员，下次你就可以免费入场。当然，在脱衣舞场所这一招就不灵了，不管谁来都得掏钱，有些场合，就连我也不得不……"

利不湿突然停了下来，沉默了半晌。然后接着说："如果发现门口蹲着两个石头狮子，只管进，不必犹豫，那是博物馆。进去后不要瞎逛，看哪儿有五六个人一堆的，就往哪儿站，肯定有经验丰富的导游讲解。如果导游很不客气地盯着你看，那你也很不客气地盯着他看。这帮人出门，你也跟着出门，肯定有敞篷大巴在门口等着。他们上车，你也上车。这样你就能享受到免费市区半日游了。对了，差点忘了提醒你，进博物馆时，务必带足两天的干粮。这种事发生过不止一次了，粗心的游客没有带干粮就进了博物馆，里面迷宫一样的通道让他们迷了路，出不来，最后饿死在里面。大英博物馆每年春季大扫除的时候，都会清理出一堆堆的骷髅。

"还有什么呢？我想想。对了，去别人家做客。听我的，一点儿都不好玩。你得为女主人买一大把鲜花，来回还得打出租。"

"尊敬的大师，"我说，"您说的句句是金玉良言。可我现在还在打行李阶段……"

"打行李也有讲究，"利不湿劝诫道，"不要带太多箱子，因为每到一处都会有新的箱子，哪怕什么都不买也会有的。说来奇怪，却千真万确。到了火车站，马上雇一名搬运工，千万别让人觉察你有自卑倾向，绝不能自己扛行李，扛到半路累得趴下，再雇搬运工就太晚了……

"到了酒店，务必提前核实房价里是否包括小费，但千万不要用当地语言跟他们交涉。那是你的外语，你不流利，你一开口就结结巴巴，会让人小看。你得设法让他们结结巴巴才对！所以，到了巴黎就说英语，到了伦敦改说法语。到了希腊，只说希伯来语，因为除了希伯来语，其他国家的话他们都会说……"

"说到酒店，"老猫头鹰继续说道，"别忘了行李里面装几枚两百瓦的灯泡。你觉得奇怪？欧洲所有酒店里的灯光都暗得出奇，读报纸，你连大字标题都看不清楚。酒店的房间里禁止做饭，也禁止吃喝，所以你吃剩的东西一定得谨慎处理，不能扔到垃圾桶，不能让清洁工发现。我建议你到了深夜再将其扔出窗外。食材不容易携带，这的确是一大难题。瓶装牛奶更是让所有以色列游客犯难。我建议你将其藏在小提琴的盒子里或者急救包的底层。电炉子不要放在箱子里，清洁工翻你的箱子就会发现。我建议你把电炉子放在衣橱里，因为那地方几年都不会打扫一次……"

"听您的，利不湿先生，"我说，"您说了很多，可最关键的一点您没有提到。小费。见到什么人该给小费？什么时候给？给多少？"

"这个嘛，一两句很难说得清楚，"老猫头鹰清了清嗓子，说道，"按常规，饭馆里小费是账单的百分之十，剧院里的小费是领座员衣服尺码的百分之十五，大街上问路，小费是那个人年龄的百分之五。为保险起见，小费得常给，随时给，直到他脸上露出笑容为止。坐出租车更得给小费。但切记，等你下了车、站稳当、行李放到路边以后，再付款，否则，你的财物就会被拉走。"

"还有，"利不湿又说，"务必记住，你只是一名游客，不能算是真正的人类。不要被外表所蒙蔽，旅游景点的鞠躬、握手、笑脸和甜言蜜语只是针对游客而非针对人类。你只是一头奶牛，他们关心的只是你的奶。他们欢迎的只是作为游客的你，而不是作为人类一员的你。如果你竟然会流利地说他们的语言，那只能让他们更加对你恨之入骨……"

"总之，"聪明的猫头鹰开始做总结性讲话，"最后一点，也是极其要紧的一点，不要乘坐飞机。坐船旅行可以避免出国旅游常见的一大灾难，我是说所有人的行李全部堆在机场的海关安检处，你却两手空空站在传送带边上。该取行李的时候，他们会说：'没有了，行李就这些了。很遗憾，您的箱子被错运到了开罗……'再坚强的人遇到这种事也会突然头发斑白。坐船吧，孩子，坐船。坐船至少可以让你在经受苦难之前好好休息一个星期……"

都说威尼斯是人间天堂，可对于新婚夫妇来说，并不是每次都能满意而归。跟您说实话吧，在这座大名鼎鼎的城市，不是谁都能玩得开心。下火车时，小台阶摇摇晃晃，通往潟湖的路凹凸不平。老城的缔造者们早就预料到交通事故会要了人的命，所以便把街道修到了水上，这样一来，任何四个轮子的东西都没有了用武之地。

双人凤尾船

我们下了火车，马上来到问讯处。我想打听坐什么车可以到达酒店，您知道，我家的小女人游泳技术不是很过关。

"打出租呀，"那位官员提议道，"出了车站，就有很多摩托艇。"他马上又补充道："只是，您千万不要坐凤尾船，要知道，那玩意儿贵得要死……"

我们俩很自信地说了声"我们自己会处理好的"，便拎着行李出了车站。张望了半晌，见不到一艘摩托艇，倒是沿河并排停着数不清的凤尾船，船夫穿着一模一样的T恤衫，蓝白相间的横条，坐在船尾，眼睁睁地盯着行人。我心里不由得发怵，无可奈何地向离我们最近的一艘走了过去。船夫是个上了年纪的男人，他扶我们坐定，要价一百里拉。一位好心肠的年轻人帮着把行李提上船，放在我们脚下，要价二百里拉。第三个人喊了一声"走"，要价五十里拉……

一路感觉很舒畅。只是作为以色列人,自己斜倚在丝绒坐垫上而让别人费那么大的劲儿摇着船桨,总感觉有些难为情。凤尾船,也就是威尼斯人喊的贡多拉,样子有些像让西欧人闻风丧胆的维京海盗横行海面上的时候所驾驭的那种细长形的玩意儿。看得出来,凤尾船刚发明的时候,奴隶贸易还很盛行,而行李箱见都没有见过。这阵儿,为我们服务的维京人放开喉咙大唱:"O sole mio……"①

小女人被这浪漫的气氛感动得热泪盈眶,要不是因为担心行李的安全,她真会泪流如注的。要知道,行李里面有几个刚刚高价买来的草编手包,万一被泪水浸泡,回去作为礼物送人就有些拿不出手了。而我则时时考虑这些海盗会耍什么花招来宰我。你看他故意装出很卖力的样子,显然是为等会儿要钱做铺垫的。我正准备说:"朋友②,你把我们拉错地方了!你骗初来乍到者容易,可你骗不了我的。"

"两千里拉。"凤尾船的船夫把我们扔到酒店门口的小码头旁,很严肃地喊道。为了表示强调,又用他们自己的语言重复了一遍:"两千③!"

"朋友……"我似乎忘了老猫头鹰给我的警告。

我刚说了一句"朋友",话就被打断了。船夫又是喊又是骂。

---

① 意大利歌曲《我的太阳》。
② 原文为意大利语:Amico。
③ 原文为意大利语:Due mille。

非常多①行李,非常辛苦,家中九个孩子②等着吃喝。哎呀圣母马利亚!看着一个大男人堕落到这地步,像原始人一样发火,我心里很不好受,便急忙掏出两千一百里拉,扔了过去。我脸上肯定少不了鄙视的神情。然后拎起行李,准备离开。

您猜怎么着?

男人把一沓票子塞进口袋,继续用一种奇怪的表情盯着我。

"再见!"我大声说道,"还有什么事?"

"给点儿小费吧,"他的声音细细的,"先生,就一点儿小费。您不介意吧?"

"老家伙,你听好了,"我有些失控了,"你脑子没毛病吧?你要我两千里拉,就已经构成敲诈勒索罪了,我还多给了你一百。你看见了吧?"

"看见了,"海盗说,"可那是官方定的小费。除此之外,按市场行情,您还得再给一笔小费……"

我二话没说,又塞给他五十里拉,然后转身进了酒店。这一切都被酒店的门童看在了眼里,他问我为什么不乘坐摩托艇:难道没人跟你说过,只有傻子才坐凤尾船吗?

"他敲诈了您多少?"

"的的确确是敲诈!"我说,"一千五百里拉……"

说来奇怪,我竟然没对他说实话。

门童眨巴着眼睛,从桌子底下拿出一本官方收费表,指着一行

---

① 原文为意大利语:Molto。
② 原文为意大利语:bambino。

数字:"双人凤尾船,八只行李箱,共八百里拉。"

不过中午吃饭的时候,我们却意外发了一笔横财,算是补偿吧。饭桌上,小女人旁边一位老太太的叉子掉到了地上。我们俩都是受过旧世界礼仪熏陶的绅士淑女,所以我便毫不犹豫地低头替她捡了起来。老女人一句话没说,扔给我二百里拉。"谢谢①!"我家小女人一把抓过钱,塞进了自己的手包里。等那老女人走了,小女人说没见过这么吝啬的老婆子……

刚才说了,旧世界的礼仪在我心中根深蒂固,所以吃饭花了多少钱,我们一点儿都没在乎。毕竟,两个身着雪白制服、胸口上还别着金质胸针的年轻服务生一直直挺挺地站在我们身后,从开始站到我们吃完饭。还有,主厨大人亲自来到桌边,手执水晶油壶,将一两滴橄榄油洒在我们的沙拉上。享受了如此豪华的待遇,我怎么好再跟人家计较价格呢?我们俩一致同意,没关系,饭总得吃吧。不过我们俩也一致同意,一分钱都不能再花在凤尾船上了。

可我们还是没能躲过他们的魔爪。那天我们去参观了一处犹太人定居点,纯粹是出于礼节的考虑。离开的时候,又累又沮丧。累,因为步行了好几个钟头。沮丧,因为我们的那些同胞个个都是地地道道的夏洛克②。我们俩拖着疲倦的步子沿运河一路走来。这条运河将威尼斯一分为二。走着走着,我的脑子悠闲地转了起来,鉴于眼下这特殊情况,是不是应该搭乘……

---

① 原文为意大利语:Grazie。
② 莎士比亚《威尼斯商人》中的人物,富翁和守财奴的典型。

这风真邪！我还没有说出口，二十多位凤尾船船夫一起围了上来，一群全副武装的海盗！就像能看穿我的心思似的。我俩被围得水泄不通，想走都走不了，只好选了一位长相善良的船夫。其他人一边骂一边散开，一眨眼就消失得不见了踪影。我登船前，问了一个至关重要的问题："多少钱①？"又用英语重复了一遍："多少钱？"

"一千九百……"

我把从酒店带来的官方收费表掏了出来，指着八百里拉的价格让他看。他一看，顿时怒火冲天，有难以控制的架势。我们转过身打算离去。酒店离这儿不远，走走也挺好……

"一千三，"我还是忍不住说了一句，"我最多给你这么多。"

"一千七百五十！"

"好吧，"我说，"这个数包括一切吧？所有附加费、税收、保险、你摇桨的钱、保姆费，对不对？"

"那自然，先生②！"海盗面无表情地说，"一千七百五十，一分不多要您的。"

凤尾船在墨绿色的水面上静静地滑行，静得让人有些紧张。虽说我已经严加防范，可心里还是很不踏实："他会在什么地方给我挖坑？"

小女人坐得有些不耐烦了。她打破沉默，喊了起来。"咋回事儿呀？"她问，"怎么不唱歌？"她又转向船夫，"请吧③, O sole

---

① 原文为意大利语：Quanto Costa。
② 原文为意大利语：Signore。
③ 原文为：S'il vous plait。

013

mio……"她的半句法语半句意大利语真让我觉得好笑。

"马上,女士①。"海盗答道。随即,优美的歌声便从他的唇间冒了出来。这歌声让我们俩陷入一种深深的乡愁,好像从某个遥远的古代传来一种天籁,一种与这个商业社会格格不入的……格格不入的……什么来着?

刹那间,我感觉一腔热血涌上脑门。

"天哪!"我家的小女人真是跟我心心相印,她也意识到了,"是我让他唱的!"

生米做成熟饭,一切都为时太晚!

"三千!"到了酒店门口,海盗很平静地说,"一千七百五十是上船前说好的,一千两百五十是支付小夜曲的……"

我的小女人,这个天真的傻瓜,由于绝望,竟然赖在凤尾船上不下来。"一首歌为什么要这么贵?"

"专业②!"那个男人不无骄傲地说,"男高音③!声音控制得非常好,肌肉用力控制得也非常好,家里有很多孩子④,"没听错的话,似乎有七个孩子?"哎呀呀,圣母马利亚……"

他又拿走了一百五十里拉的小费。总得有个限度吧。海盗揣着他的战利品,兴高采烈地划着船远去,悠扬的歌声飘荡在水面上:"O sole mio……"

---

① 原文为意大利语:Prego, signora。
② 原文为意大利语:Specialista。
③ 原文为意大利语:Tenore。
④ 原文为意大利语:molto bambini。

发生了这件事后,我们俩发誓永世不再乘坐威尼斯的凤尾船。我们还没有离开,威尼斯满城就已经风言风语地传开了,说有一对外国夫妻为了乘坐凤尾船,不惜代价。每天早晨都有人敲我的门:"美丽的① 市区一日游,只要② 两千六百五十里拉。"

戒掉了凤尾船,同时戒掉了在饭馆吃饭。用不着佩戴金质胸针的服务生站在身后,你照样能把身体所需的营养补上。我们发现威尼斯大街上也有欧洲到处流行的自动售货机,上面写着:"米兰芝士三明治,请投币一百里拉。"上帝来拯救我们了!我们高兴得不亦乐乎,急忙拿出一百里拉,投了进去。咣当一声,出来的不是三明治,而是一张纸条:"请再投五十里拉!欢迎来到阳光明媚的意大利!"

我只投了二十里拉。锡箔纸包着的一块三明治哗啦一声滑了出来。太神奇了!我又投了十里拉,又弹出一张纸条:"谢谢!"

我们离开意大利前往瑞士的那一天,老早预定了一艘摩托艇。我甚至很乐意为摩托艇多掏几个钱,也不愿再把钱送给那些开凤尾船的海盗了。

摩托艇竟然没来!

不知道为什么。就是没来。这事儿发生在意大利并不稀罕。火车还有半个小时就要开了,我毫无办法,只好冲出酒店,跑到河边,边跑边喊:"凤尾船!凤尾船!"

一艘都没有。

---

① 原文为意大利语:bello。
② 原文为意大利语:soltante。

一艘凤尾船都没有！竟然一艘凤尾船都没有！一艘都没有！消失得无踪无影。彻底蒸发了！无影无踪！到了最后一刻，我们突然发现，就在我们眼皮底下，停着一艘凤尾船，里面坐着一位老者，正悠闲自在地打着盹呢。我冲了下去，把他喊醒：

"赶紧①！快！"我上气不接下气，"去火车站！快！"

老家伙慢慢睁开眼皮，闪了一下："五千！"

火车还是没赶上。

我们俩喘着粗气，一颠一拐地来到火车站管理处，问下一趟去日内瓦的火车几点发车。

"日内瓦?"调度说，"五点三十分。"

"哈哈！"我大笑起来，笑声扑在他的脸上，"最多四点！"

"五点一刻！"

"四点二十！"

"五点，再一分都不能少。"

"四点三十分。拜托了，"我掏出钱，"就给您，没别人知道……"

讨价还价几十分钟，最终定到四点四十五。我照顾了调度一点钱，口袋里就只剩下五十里拉了。这五十是给火车司机的。我们终于离开了意大利。虽然口袋空空的，但总算没有迟于六点二十三分。

---

① 原文为意大利语：Presto。

瑞士流行三种语言群体：说德语的也说法语和意大利语，说法语的只说法语，说意大利语的只会种地。祖籍法国的瞧不起祖籍德国的，祖籍德国的瞧不起祖籍法国的，祖籍德国的和祖籍法国的都瞧不起祖籍意大利的，祖籍德国的、祖籍法国的和祖籍意大利的都瞧不起外国的。

没有跳蚤的国土

我第一次到苏黎世，打算上街走走。出门前悄悄问了一声酒店服务生："听说瑞士人的自行车从来不上锁，骑到哪儿放到哪儿。是真的吗？"

"当然了。"

"那么，"妻子也问道，"没人偷吗？"

"当然有人偷。不上锁，被偷也是活该！现在这城市里外国人这么多……"

在瑞士，每五个人当中就有一个是外国人。我是第1100005位，妻子是第1100010位。

虽说这样，瑞士也有移民到国外的人，就连以色列的公民当中也有不少货真价实瑞士出生的。为什么会这样？我不想说得太露骨，但我觉得这与他们的洁癖有很大关系。举例说来，有一天我们俩去参观闻名世界的瑞士动物园，凑巧来到了猴园。大家都知道，黑猩猩妈妈最大的爱好就是抱着自己的孩子，在他们的毛发里面捉虱子抓跳蚤。可这位黑猩猩妈妈在自己儿子的身体上又是抓又是挠，一会儿像梳头一样搔毛，一会儿像拍皮球一样周身拍打，折腾了一个多钟头，一个虫子都没找到，只好放手。她脸上那副表情，哎呀，沮丧，失望，真让人为她难过。她什么也没捉到，只好闷闷不乐地耷拉着脑袋独自憔悴。

"我们也不知道该怎么办，"动物园的管理人员无可奈何地说，"我们从外国进口了一批跳蚤，可瑞士的卫生环境把它们都吓跑了。真不知道这动物园还能不能办下去！"

我也不知道该怎么办，所以没有一个好的建议给他。我说我不久就要回以色列了，还告诉他我的祖国盛产虫子，数量可观，品种齐全。跟他说再见的时候，我发现他的眼睛里含着泪水。

我们第一次见识到瑞士的洁癖，是在火车站的站前大街上，那是一条闻名遐迩的街道。街两旁商铺林立，里面的商品让人眼花缭乱。我们走进其中一家店，乘扶手电梯上到四楼，买了两块用纸包裹的手工冰激凌泡芙。回来的路上，我们便迫不及待地打开包裹，狼吞虎咽，几口就把里面的东西吃了个精光。太香了！平生还没有吃过如此香甜的东西，当然一天半前在意大利吃过的不包括在内。刚吃完，就听见有人一边喊着"哈罗"，一边朝我俩奔过来。"对不起①！"是一位穿着打扮很精致的男士，他说道，"您的纸盘子丢了。"

---

① 原文为德语：'tschuldigung。

018

他一边说,一边将我们刚刚在忘情于美食的瞬间扔掉的泡芙包装纸连同纸盘子一起递了过来。

"对不起!"我对这位好心人说道,"不是我丢的。"

"那是怎么回事儿?"

"那是怎么回事儿?您这话什么意思?"

"不是您丢的,我怎么会在人行道上捡到呢?"

"非常感谢①。"妻子立刻回答道。然后从那人手中接过黏糊糊的泡芙包裹纸,一把抓起我的胳膊,领着我迅速逃离这个地方。

"你脑子出问题了吗?"小女人像蛇一样嘶嘶地小声说道,"你看看周围。"

我朝周围望了望,突然吓出了一身冷汗!这时候我才意识到,我置身于有洁癖的瑞士最干净的城市里面最一尘不染的街道上。人行道上一丁点污秽都看不见,即使有,也是刚刚擦过还没有完全干透的一点儿痕迹。不远处,一位衣着干净无比的环卫工人正在追逐一两粒懒散飞舞的灰尘。如此纯洁无瑕之所在,我竟然敢用那张油腻腻黏糊糊脏兮兮的泡芙纸去玷污它!何等大不敬!

我把那张纸连同盘子折叠起来,小心翼翼地让油腻腻、黏糊糊、脏兮兮的一面朝内。我满心狐疑,四处张望。

"咋办?"我说,"我总不至于走到哪儿,把它带到哪儿吧?我们在瑞士还要待两个星期呢⋯⋯"

"沉住气!"小女人安抚道,"总会找到扔垃圾的地方的吧,到时候你就可以合法地把它处理了。"

---

① 原文为发言不标准的德语词:Tanke schöne。

她说这话的时候是上午十一点,到下午两点,这黏糊糊的玩意儿还在我的手里。如果能找到哪怕半片纸屑,我也会毫不犹豫地让我的泡芙纸去与它做伴。可这一路我连一片糖纸都没见着。上了电车,我们坐在靠后的一个角落,旁边的窗子正好开着。电车拐弯的时候,我一边说着话,一边不经意地把手伸到了窗外,轻轻一甩……

嘎吱一声!!!

司机刹住了车。

"非常感谢①!"我很自觉地跳下车,把我丢掉的宝贝儿捡了回来。

"谢谢您!"车又开动了,我对司机说,"很幸运,它没出啥事儿……"

我和小女人这时候已经有些招架不住了。绝望中,我跟坐在我旁边的一位瑞士老人搭上了腔。我说,如果您被一张脏兮兮的纸片缠住不放,您又想立刻摆脱它,您会怎么做?老人想了想,这事儿现实当中不会发生,所以他想象不出这到底是一幅什么样的情景,但是从理论上讲,他会把我刚说过的那张纸带回家,存放到星期日下午,点火将它焚毁。我这才把我像宝贝一样保存着的那片泡芙纸拿出来让他过目,并说这片纸理论上讲属于废弃物。老人看后,马上给我他家的地址,说明天下午三点四十五分,我带着这张纸到他家,在他家作客,我们可以一直住到年底,他夫人一定会很乐意接待我们的。

---

① 原文为发音不标准的德语词:Tanke sehr。

我的妻子似乎对他的邀请很感兴趣,但我还是很怀疑那老头只是说说而已。我对他的邀请千恩万谢,但同时又说在万不得已的时候我会去他家的,只是现在我突然想到了一个解决问题的简便方法:我将把这张泡芙纸装进信封里,寄回以色列。

"也行,"老人说,"只是我不明白,您把它寄到以色列以后,再做何处理?"

"扔到约旦河里不就完事儿了嘛。"妻子回答道。老人听完,似乎明白了,若有所思地点点头。老人要下车了,我们有些恋恋不舍。跟他说了再见,我们继续坐车到了郊外。我打算等到天黑,在某棵树下挖一个深坑,把泡芙纸埋进去。可让我失望的是,所有的树都围着一圈铁栏杆,显然就是防止我这样的人来埋垃圾的……

我们俩散步回到市中心。突然发现路灯杆上有一行字,让我欣喜若狂:"为了苏黎世的卫生,请将废弃物扔到篮子里。"路灯杆上绑着一只精美的竹篮。我像一匹脱缰的马,一个箭步冲了上去,把这张拖累了我一整天的泡芙纸扔进了篮子……

"对不起!"从我背后闪出了一个警察,"请将您的东西从篮子里拿走!这篮子还是新的,不要把它弄脏了。"

"可是,"我一头雾水,说道,"那上面不是写着请将废弃物扔到篮子里吗?"

"废弃物当然可以,但是不能扔垃圾!"

我伸手把泡芙纸从竹篮里摸了出来。这一瞬间,我突然感觉我的两片脸颊发烫,上下牙齿打颤。

"看着!"我对着小女人大声吼道,"我还是把他妈的这破玩意儿一口吞下肚子里算了。"

"别傻了，"小女人一脸的圣母相，说道，"那么肮脏的东西，你才不会塞到嘴巴里去的。"

"那好吧，"我说，"我煮一煮再吃。"

我们路过一家高级餐馆，便走了进去。大堂经理一眼就看见了我手中提着的那宝贝儿。

"废纸？"他问道，"需要我们为您煮一煮吗？"

"正是，"我咕哝了一声，"七分熟。多谢了。"

"都是七分熟的。"大堂经理端来一只银质托盘，我将那宝贝儿放了上去，他匆匆走进厨房。我坐在大堂沙发上，心中烦躁不安。瑞士餐馆烧烤炖煮都会做过头的，我早就知道。十分钟后，一位服务生把我的宝贝儿端了出来：竟然是油炸的！还浇了一层莳萝酱！我咬了一口，立刻吐了出来。

"煳了！"我大喊道，"难吃！"

我从沙发上跳了起来，离开了餐馆。

我们的脑海里不禁闪现出特拉维夫罗斯希尔德大街。祖国的大街上阳光明媚，阳光下，成千上万的垃圾碎片翻飞着，像蝴蝶一样妩媚动人。

维也纳存衣间里的奶奶们

维也纳的冬天的确不是能轻易熬过去的。不穿大衣出门,十有八九会伤风感冒,接下来几天都得靠阿司匹林活着。可是,只要你跨进任何一家公共娱乐场所的大门,就会有一位银发奶奶从地下冒出来,说道:"Garderobe。"

这在德语中是"存衣间"的意思。话音刚落,你的大衣就被她一把从你身上剥下来,拖进了墙后边她的窝里。等你出门的时候,你才能赎回你的大衣。当然,奶奶不要你的一分钱,她把从你身上抢去的大衣递过来,还要说一句:"Danke schöne",就是谢谢。

有次,在维也纳一家大型剧院里,我问一位奶奶:"我得付您多少钱?"

她说:"跟往常一样。"

也就是说,她不在乎钱。她干这事儿,本来就不为挣钱,她喜欢从你身上剥下大衣的乐趣。这样的奶奶是奥地利首都的一大景观,维也纳这座古老城市里见了大衣就忍不住要扒下来的特殊人物。这已经闻名遐迩了。

维也纳奶奶剥你大衣时那种专注精神家喻户晓。哪怕你是一只苍蝇,不脱大衣,任何一家餐馆你都休想飞进去。

我还记得，有次我走进萨沙甜食店想跟一位相识的人打个招呼，就几秒钟的事儿。趁着奶奶不备，我一个箭步冲了进去，可我还没到门厅的另一头，奶奶就站到了我的对面，挡住了我的去路。

"存衣间！"

"就一会儿，夫人，"我没理她，继续朝前走去，"说一句话就出来。拜托①！"

她还是挡在我面前。我往她侧面跳了过去，她闪了一下身体，一把揪住我的大衣。我甩开她，一溜烟窜了进去。她竟然追了上来，跪下身子，双手抱住了我的两条腿。挣扎时间很短，可让人极不舒服。你很难相信维也纳存衣间里的这些奶奶的手臂竟然如此有力。几秒钟的工夫，我的大衣就落到她的手上了。只见她伸出纤细的指头，轻轻地抚摸着我的大衣，把大衣上的褶皱抚弄平整，挂到衣架上。一枚标有数字的木牌贴着领子挂起来，另一枚标有同样数字的木牌递到我的手上，她这才心满意足地朝我笑笑。我将木牌捏在手心，进门冲着弗雷德里克喊了一句："八点准时到啊！"又转过身，递上木牌。奶奶接过木牌，从衣架上取下我的大衣，又伸出那几根纤细的指头，掸了掸胸前两撮几乎看不见的脱落的毛线，说道："谢谢！"

我给了她十先令的小费。这在世界任何一个地方，都应该是一大笔财富。我心想，她拿了这笔钱，下次就不至于非要剥了我的大衣。她若无其事地把钱揣进口袋。

我前面说过，这些专事剥你大衣的维也纳奶奶并不把钱放在心

---

① 原文为德语：Bitte。

上，她们不是来挣钱的。你只需看看她们由于疲倦而深陷的眼窝和眼窝周围的黑圈，再看看她们望着你的大衣时那贪婪的眼神儿，就会明白她们全副身心都在你的大衣上。你若不让她从你身上扒走大衣，她便活着无趣，甚至不知存在还有什么意义。跟上瘾一个道理，就像吸毒。

有一次，一帮有组织的无事生非者穿着大衣闯进一家酒店，四散开来，冲向酒店的各个角落，心想奶奶这下该没招了。谁想到，奶奶就像鬼怪，突然有了分身之术，一打鬼怪奶奶同时出现在酒店的各个角落，分别从这帮无事生非者身上扒掉了他们的大衣，一边扒一边照例说道："存衣间！"

还有一次，我亲眼看见一位奥地利颇有影响的老诗人宁死不愿屈服。他的大衣扣子扣得紧紧的，双手插在衣兜里，使了与他年龄很不般配的力气，将大衣抓得死死的。那样子活像契诃夫小说《套中人》里的角色。

"我不脱！"他大喊道，然后紧闭嘴唇。嘴唇白白的，毫无血色。他接着又说："我病了，发高烧呢！不想脱大衣。"

一位存衣间奶奶站在他身后，一句话不说，这一站就是整整一个钟头，眼睛一刻也没离开过老诗人的大衣。老诗人最终还是拗不过她那副眼神儿，乖乖地脱下大衣递到那位奶奶的手上。空气里充满一股杀机。

"为什么呀？"我问酒店经理，"她们为什么要把每个人的大衣都扒下来？"

"不知道，"经理很紧张地说，"大概穿着大衣是禁止入内的。"

"可为什么呀？"

"会打褶皱的吧。"

她们无处不在,这些维也纳存衣间的奶奶!当我快要离开人世的时候,我也许会记得这样一幕:我坐在一家豪华的电影院里正看得聚精会神,突然地下冒出两只手,拉扯着我的大衣。奶奶竟然爬到座位底下,在黑暗中悄悄地喊道:"存衣间!"

有什么解决办法吗?据说有一位拉丁美洲来的游客被维也纳奶奶们折磨得精神有些错乱,脱得一丝不挂,只裹了一件大衣。奶奶还是一如既往,把他的大衣扒了下来,这位游客在酒店大厅里当着众人的面赤裸着身子。奶奶递给他一枚标有数字的木牌,看都没看他一眼,很平静地将大衣挂到衣架上。

我对这种疯狂忍无可忍。一天夜里,我气急败坏地冲过奶奶身旁,一头钻进酒店的电梯,按了十六楼。

"存衣间!"十六楼的电梯门一打开,我就听见一声低沉却坚定的命令。奶奶就站在电梯门口!她平静地眨巴着眼睛,我的脑子却成了一团糨糊。她把我的大衣掸了掸,搭在胳膊弯上,飘下了楼梯。这是什么怪物?简直不可思议!

我离开哈布斯堡王朝首都的前天晚上,半夜里被一声木头破裂的响声惊醒。屋子的门被撞得粉碎,一位奶奶冲了进来,直奔我的衣橱,将大衣连同衣架一起抓到手里,飘飘然离我而去。

"先生,"她嗓子里发出蛇的嘶嘶声,"跟你的衣服说声再见吧!"

当然了,这只是一个梦而已。早上下楼,我的大衣整整齐齐地被递到我的手上,还挂着一枚标有 107 的木牌。

在斗牛这一行业，至今还没有哪个人考虑过弱势群体的意见。我的意思是，没人关心过牛是怎么想的。全人类的历史上，第一个着手研究这一问题的竟然是我，一个希伯来作家。这也只是个巧合吧？

斗牛艺术家

斗牛是西班牙的民族产业，就像牛排是得克萨斯的地方产业一样。这两者之间还有极大的关联性，唯一的区别是西班牙人喜欢活牛的牛排。在竞技场上勇往直前的公牛是每天少不了的商品，也算是西班牙的国宝了。所以我们在美丽的巴塞罗那刚下飞机，就迫不及待地问海关人员："斗牛还在举办吧？""当然了，"他回答道，"不过是今年的最后一场。您够幸运的。"看样子，雨季快来了，西班牙的公牛都可以长喘一口气，休息一阵儿了。我们来得正是时候，再晚几天，斗牛场的门就会关上，人们都要回家过冬去了。

"先生，您不知道您运气有多好，"加泰罗尼亚的小伙子眨巴着眼睛，兴奋地说，"米盖尔在我们这儿呢。"

米盖尔！听起来真让人兴奋。我有位老朋友，在巴塞罗那当律师，名气很大。他买了两张票，位置很好，就在金碧辉煌的主席台下边。主席是斗牛赛事的总指挥，他会挥舞一条特殊的手帕，向斗牛士示意什么时候该动刀子，给那畜生致命的一击。斗牛场至少有六万个座位,挤满了热爱体育也热爱牛肉的观众,有一半是美国来的游客,个个兴高采烈。还有一位来自以色列的,满脸的困惑。场内气氛紧张,大家都知道,公牛与米盖尔之间必有一番殊死较量。头发梳得像乌鸦一样的淑女们挥舞着扇子,漂亮的大眼睛里闪烁着杀人犯的光芒。我和我的律师朋友嘴里嚼着口香糖,可心里都翻腾着按捺不住的骚动。

"快看!"律师喊道,"米盖尔!"

一队衣着华丽、手持武器的骑士雄赳赳地踏进竞技场,后面跟着王牌斗牛士的两位助手。米盖尔最后出场。他穿着一身绣花丝绸,身材清瘦,但光彩照人。他朝着我们深深鞠了一躬,引起雷鸣般的欢呼。我的律师朋友仔细读着节目单,每个人、每头牛都有详细的各自介绍:姓名、体重、婚姻状况,等等。

"我的神哪!"他低声说道,"这些公牛可都凶着呢。"

我问他是不是很痛恨公牛,他思索了好一阵儿才说,我不恨他们①,只是看不起这些畜生,心眼太小,在斗牛士面前表现得凶相毕露,太缺乏君子风度了。我问,会不会有持和平主义见解、不愿上场、不愿跟人类搏斗的公牛。从他的话中我猜测,即使有这种公牛,他们也会被完全剥夺了他们的"牛权"。如果有长相漂亮的母牛被带进竞技场,她的对手,不管这倒霉蛋儿是谁,都会自觉退场。某头公牛如果有一副母牛的长相,他也就只能在场外不耐烦地用蹄子刨刨土,有没有第二次进场被屠宰掉的机会,只能看运气了。

---

① 本书中为达到某种幽默效果,对动物或物体采用拟人代称,故某些地方不用"它"或"它们",下同,特此说明。

幸运的是,今天上场的这头公牛生来就是竞技的料。他一入场,就毫不犹豫地朝着副斗牛手手中挥舞的红绸子冲了过去。这几个副手毕竟是副手,虽然没有表现得惊慌失措,可个个都很麻利地一个箭步越过栅栏,逃之夭夭。观众席上一片抗议声,男人站了起来朝公牛挥动着愤怒的拳头,女人则把大把大把的吻抛向那几个跳出栅栏、满脸沮丧的副斗牛手。

"你他妈的横冲直撞个什么呀?"我的律师朋友瞪着那头公牛喊道,"你这臭婊子养的,你以为你是什么东西!"

公牛突然停下脚步,斜着眼看着我俩。

"你看什么?"律师喊道,"冲呀!接着冲呀!妈的!"

公牛低下了两只尖角,朝着一个头上缠着彩带的场内工作人员冲了过去。

"拦住他!"律师大喊,"这头牛是个杀手!"

还真是!不就是仅仅因为他身上挨了几刀,背上、肋上插了几根短矛、倒钩和国旗嘛,他对人类就怀有如此刻骨仇恨,表现出如此的凶相,真是斯文扫地!看看他现在,不就是因为一名副斗牛手举着一片红绸子在他面前甩了甩,他竟然差点把两只尖角插入人家的身体!观众席上已经怒火熊熊,恨不得马上将他缚住,然后碎尸万段。三十名全副武装的援兵冲了进来,身着盔甲,手举刀斧。竞技场经理的直升飞机装载着好几枚空对地导弹,在上空盘旋。公牛停下脚步,靠着墙,喘着粗气。

"胆小鬼!"律师又朝他喊道,"他们就是这样教你战斗的吗?"

"是我自己想战斗的吗?"公牛睁开他的牛眼,瞪着律师说。

"好啊,你!"律师叫了一声,又转身对着那帮屠夫,"孩子们,杀了他！马上杀了他！否则，看在塞维利亚圣母马利亚的分上，我就要亲自进场动手了。"

当然，自我约束终于占了上风，他还是没有冲下去。这时，一位身着黄金甲的武士庄严地踏进竞技场，悦耳的小号声响了起来，女人们又把大把大把的吻抛了过去。

"是米盖尔吧？"我问。

"不是。那公牛还没有到被屠宰的时候，"旁边不知谁回答道，接着对场内缺乏高潮迭起的情景发了一通蔑视的调侃，"来呀来呀，你这头母牛！看你那副厌样儿！我倒想看看你有什么本事。"

又有几个人跟着他一起骂了起来："母牛！"

公牛突然对着一匹马冲了过去，把它掀翻在地，骑在马身上的人被压到了马肚子底下。

"警察！"观众席上声讨之声此起彼伏，"这哪是斗牛！这是公然的挑衅！"

"竟然攻击一匹无辜的马！"我的律师朋友跳了起来，"去死吧，你这虫豸！"

很显然，公牛对律师没有多少好感。这会儿，他四蹄站立不稳，似乎情绪也坏到了极点，用心理医生的话说，他一定是患上了迫害狂常见的病症。就我而言，我倒是很想站在他的立场上考虑现在的事态。又灰心，又伤感。陌生的土地，充满敌意的观众，而且敌友众寡悬殊。别想了，都这时候了，任何富有哲理的思考都已无济于事。突然间，女人的吻漫天飞舞，管弦乐声穿心透肺。米盖尔上场了！彩色披肩闪闪发光，巨型长剑铮铮作响。看他英姿勃发！看他威风凛凛！先是一阵传统的武艺，红绸子像一团火忽左忽右，忽上忽下，每一个招式都精准异常，无懈可击。观众席上鸦雀无声，只有偶尔的吸气声、出气声。公牛憋足了劲儿，举着两只尖角冲了过来，可每次迎接他的都只是一团空气。米盖尔的男中音在竞技场上空显得格外动听："欧——来——"

公牛被他奚落得哑口无言。

"牛宝宝，你怎么啦？来呀，把你的功夫都使出来吧。哎呀！宝贝儿！你想戳我是吗？来呀！看我把你剁成肉酱！来呀！欧——来——"

女人把一束又一束的鲜花扔到了沙地上。米盖尔抽出宝剑，准备完成最后一击，那将是多么优雅、多么彻底的一场屠宰仪式。

"瞅准了，你的剑必须刺中他的心肺，割断他的肠子，"我的律师朋友激动地喊道，"拿出你的武艺来，一刀了结！"

米盖尔踮起脚尖，像芭蕾舞演员，翩翩起舞，突然右臂一个优美的弧线，剑刃便不偏不倚插进了那畜生颤抖的脊背。或许他的舞步影响了他瞄准度，公牛竟然没有倒下去。相反，那一刀倒让他恢复了体力。观众席上，怒吼声早已越过竞技场，传到了千里外的草场。

"嗨，你还不死呀？"他们对公牛喊道，"快死吧！"

我的律师把节目单卷成一个牛角模样的圆筒，小头对着嘴："装病是不是！拿出你公牛的男子气来，别装得像一只胆小的母鸡！"

公牛一下子来了劲儿。他冲到主席台前。"先生！"他喊道，"你如果不把我背上那只虱子捉走，我现在就拒绝战斗。"

主席大手一挥："去你的，我不跟畜生说话！"接着又对着米盖尔说,"杀了他!"

米盖尔端正了自己的身子,扬起了宝剑。突然间,那一队援兵冲进了场子,对着公牛喊阵,想最大限度地激起他的愤怒和疯狂。我能感觉到,只要这生灵还四蹄立地,谁也休想将他制服。援兵又朝他的背部掷去二十支短矛、毒箭,还举着催泪枪向他猛射。

"这下他该完蛋了,"律师很专业地预言道,"这次他不一命呜呼才怪呢。"

我后来才了解到,斗牛士如果能很利索地把公牛杀死,主席就会把牛的两只耳朵赏给他。如果他宰牛动作娴熟优美,主席会额外有奖,牛尾巴也会归他所有。所以斗牛士在西班牙个个都是百万富翁,受人羡慕。他们走过时,男人会以摸着他们的衣袖或衣襟为荣,女人则会寄给他们一封封情书,不过斗牛士得抽空去夜校进修才能读懂。他们是真正的艺术家,这些米盖尔!凭借他们优美的体格,将一头又一头狂暴的公牛置于死地。

"等着看吧,最精彩的瞬间马上就要开始,"我的律师朋友再次预言道,"米盖尔就要表演今天的高潮——维罗妮卡之舞。就在这最后时刻,他将展示他的神来之功,先跪在地上,等那畜生冲过来的瞬间,一剑刺穿那疯牛的心脏。"

乐队奏起了一段扬扬得意的进行曲,接着是一阵雷鸣般低沉的鼓声。米盖尔双膝跪地,公牛按照计划向他冲了过来。米盖尔侧身一躲,公牛也突然侧身一偏。米盖尔像一只鹰飞上天空,然后落在滚烫的沙地上。

观众的忍受力到了极点。

"够了!"他们对公牛喊道,"你这虐待狂!好残忍!"

有人打电话叫医生。公牛用他的尖角深情地推着米盖尔向前翻滚,然后把他顶起来,抛向高空。

我从座位上猛地站起来,使出最大肺活量,喊道:"欧——来——"

律师转身看着我,就像要用眼光杀了我一样。可是已经为时太晚,任何人都挡不住我的狂叫。

"棒极了!"我咆哮道,"他活该!干掉他!别饶了他的狗命!"

我抓起一把吻,掷向公牛。米盖尔第三次在空中翻飞时,我把节目单撕成碎片抛向人群。我又把领带、衬衣、鞋子一件件抛了出去,抛向那位胜利者。后来有目击者告诉我,我当时还唱了一首歌,用假声哼唱了《卡门》进行曲。可是在竞技场上,大队全副武装的援军簇拥着一辆装甲车冲向公牛,几名备用斗牛士挥舞着明晃晃的刀剑跟在车的两侧。我再也无法忍受,把我那位伤心得像死了一样的律师朋友扔在座位上,独自扬长而去。当我冲到大门口的廊柱之间时,听到观众胜利的呼喊,我知道,那头公牛终于被他们用大炮干掉了。斗牛士赢得一条牛尾,或许只是半条,失败者被几位筋疲力尽的工作人员拖出了竞技场。出了门,我看见伟大的米盖尔正被一辆救护车拉走,这让我心情舒畅了不少。我钻进一辆出租车,一路向特拉维夫奔来,奔向我的儿子们。他们永远不会成为斗牛士,因为他们长着火红色的头发。就因为这一点,我与这世界才达成了和解,永远的和解。

有一段时间，我们很心甘情愿地将世界冠军白痴的称号给予一位塞浦路斯导游。他带着我们游览了一处景点后，竟然找不到返回的路。急得他大哭起来，边哭边说："我发誓，我昨天还看见那条路就在这儿啊！"这桂冠他没戴多久就被一位以色列交警抢走了。我们去荷兹利亚拍片，他要跟着去玩儿。他问这电影叫什么名字，我说叫《萨拉赫》。交警眉毛皱得像两条蜷着身子的毛毛虫，想了很久，说："《萨拉赫》？我咋没看过呀。"

今天这桂冠又被另一个人夺走了。西班牙巴塞罗那一家星级酒店的前台服务生。我从房间给他打电话，他用他自己的英语回答我。这段对话也可以载入史册了。

冠军白痴

"我打算明天去马德里，"我对服务生说道，"我不懂西班牙语。能否劳驾您替我订一间带浴室的客房？"

"您稍等，我查一查。"服务生说完，放下电话。过了不久，他说："对不起，先生，我们酒店满员了。您下星期再打过来看看。"然后挂断了电话。我马上又拨通前台："您误解我的意思了。我不是要在这儿订客房。我是说马德里。"

"对不起，先生，您从马德里打长途过来的？我们没有空房间了,您下星期再打过来。"

"先别挂!"我提高嗓门,尖声叫道,"我不在马德里。我是想订一间马德里的客房。"

"对不起,先生,我们酒店不在马德里,先生。我们酒店在巴塞罗那。"

"我知道。我现在就住在里面。"

"您住在里面?"

"是的。"

"您不满意吗,先生?"

"我非常满意。我明天要去马德里,刚刚给您说过。"

"您需要我上楼来帮您把行李提下来吗?"

"现在不需要。明天才走。"

"那好,先生。晚安!"他又挂断了电话。我再次拨通了前台。"还是我。我明天去马德里。我再问你一声,能否为我订一间带浴室的客房?"

"您稍等,我查一查。"服务生说完,放下电话。过了不久,他说:"对不起,先生。我们酒店满员了,您下星期……"

"我不是要订这个酒店的房子!我就在里面住着。我在203房。"

"203房?对不起,先生,记录显示203房已经订出去了。"

"当然订出去了。我就住在里面。"

"您想换一间吗?"

"不换。我明天早晨就退房。再问你一声,能否替我订一间客房?"

"订明天的?"

"是。"

"您稍等，我查一查。"服务生说完，放下电话。过了不久，他说："带浴室的?"

"是。"

"啊，您运气真好，先生。我发现有间空房。"

"谢天谢地！"

"203明天退房，正好。"

"多谢了。"

"不客气。还能为您做些什么吗?"

"给我一杯酸橙汁吧。"

"好嘞。马上就给您送上来，先生。"

的士操

法国人真是一群怪物。会有人钦佩他们,因为他们一张口,漂亮的法语说得比谁都溜。会有人鄙视他们,因为他们自负到了不知羞耻的地步。无论钦佩还是鄙视,你都很难让法国人喜欢上你。

不管你是谁,法国人都会厌恶你,厌恶到人与人之间的非人道历史上空前绝后的程度。不为别的,就因为你是外国人,可怜、可憎、粗俗、讨厌、肮脏、寒酸的外国人!还有更要命的,如果你也能说一口流利的法语,那绝对就会成为他们的眼中钉。

刚到机场,法国人对你的厌恶感就已弥漫到空气中。机场名叫戴高乐,可能是他们自以为又高又乐的缘故吧。占地好几平方公里,可整个机场只有一辆行李车,名叫苏珊娜,小名喊作苏。每年来巴黎朝圣的游客数以百万计,天天从早到晚人们都眼睁睁地盯着苏,不免引起很多令人不快的事儿来。这苏常常吱扭吱扭地哼唧个不停,也真难为她了!她的功劳有目共睹,巴黎乐趣无穷,你得先靠的士把你运到市区,而要招的士,就得先仰仗苏珊娜。

各位可敬的看官,如果你对塞纳河畔这座名城已有所体验,我就不用再啰唆为你介绍了;如果你对它没有任何体验,我说再多也是白搭。

巴黎的大街小巷爬满了的士，要能数得清那才怪了。至少要比法国卷毛狗身上的跳蚤多得多。这跟戴高乐机场里孤孤单单的、可怜的苏形成了鲜明的对比。不过，跳蚤虽多，你想抓住一只可不容易。每一辆的士里面都坐着人。如果你运气好，碰到一辆空车，司机也不愿拉你，他讨厌你那张脸！世界上，只有巴黎的出租司机掌握了相面技术，而且不是一般的水平。

其他地方的司机也会挑挑拣拣，这是司空见惯的事儿了。比如纽约，政府不得不制定特殊法律来确保司机不能因为肤色、信仰和你口袋里钱包的大小来拒载客人，当然也有个例外，他正好饿了，在去吃饭的路上。也正因为这个原因，纽约出租车的顶上都有个特殊的灯，饥饿灯。如果司机凭借第六感发觉你腰包里的钱不多，那盏饥饿灯就会自动亮起来。

在法国，连这么一盏灯都是多余的。他们在两里路外就能把你看得一清二楚。普通的巴黎的士司机只需瞄你一眼，就能知道你是不是一个可怜的外地游客，如果你上车前说你想去郊外，他也能感觉到你说的是不是真话。如果真要去郊外，那算上帝赐你恩宠了。他也能从你的面相上看得出你住的宾馆是不是坐落在拥挤的市中心。更要命的是，他能一眼看出来你是否出手阔绰，或者只是又一个美国人。

你站在人行道上，像个独臂风车。一大早的健身操没来得及在酒店做，正好就在路边做了。前面五辆空车到了你面前，屁都不放一个就走了，第六辆尖叫一声停在你身边，司机还得抓着门内把手，免得你一把拉开钻了进来。

"去哪儿？"他会从嘴角挤出三个字，正好是他咬着香烟或雪茄的那一侧。不管你说什么地方,他都会说一声:"妈的!"然后说不顺路,嗖的一声开出老远。不顺路当然只是借口,真正的原因是他无法忍受你那副面孔。他是巴黎的士司机,而你,可能千分之一的可能性都没有,只是一个外地来的游狗。

刚开始,我总以为巴黎出租车行业内部有什么秘密规定,拒载穿着大衣的人、不戴墨镜的人、留着胡子的人。过了一个星期我才明白,他们拒载你,就一个原因,不想拉你。没别的。

那年春天,典型的法国湿热气候,我在香榭丽大街的路边做单臂侧举体操已经三十分钟了,第六辆车停在我旁边,照例一句:"去哪儿?"

我满身被汗湿透了,还打着颤,结结巴巴地说:"随您便,您去哪儿我就去哪儿。"

"不顺路!"他往窗外吐了一口,一溜烟没了影子。这些人已经看穿我的把戏了,高卢骑士什么没见过?他们知道只要我一上车坐定,就会对他们发号施令。上车前不说,上车后才告诉他们目的地,他们也明白。所以我改变了策略:我动用直觉猜他去哪儿。我不想跟他的方向背道而驰,我不想自找没趣。有一次我还真差点儿就成功了。

事情是这样的。我口袋里揣着一张歌剧院的票,站在路边做的士操近半个小时,突然一声尖叫,一辆车停在我身边。典型的让-皮埃尔!嘴角挂着一支烟,窗玻璃摇下一半,半个脑袋伸了出来,有气无力地问:"去哪儿?"

灵感就在这一瞬间发挥作用了!上帝就站在我身旁,甚至就伏在我的耳朵边上。"他要开往歌剧院相反的方向。"上帝悄悄告诉我。

我立刻知道该怎么说。

"蒙马特。"我很平静地说道。

让-皮埃尔扬起了眉毛,显得很吃惊。他当然知道我是要去歌剧院的。他说:"上车吧。"

我终于能在巴黎坐上出租车了!不管怎么坐上去的,不管他要把我拉到什么地方,我至少坐在车里了。我让身体很舒坦地贴着历史感极强的天鹅绒椅套,尽情享受这一段被法国人称作幸福①的美好时光。我没有能够去看歌剧演出,而是钻进蒙马特一家令人窒息的地下剧院,看了一场烧脑的抽象剧。出了门,照例没有车,我步行一个多钟头才回到酒店。不过,刚才能够有幸坐进让-皮埃尔的车,那种愉悦感持续了好几天,至今记忆犹新。我一个卑贱的外国游狗,能够让尊贵的巴黎人为我驾车,这是何等荣耀啊!这段记忆,我将至死难忘!

但代价也相当的高。从蒙马特的前卫剧院跟跟跄跄走了出来,站在远离市中心的月光下,做起单臂侧举的的士操,我不由得高一声低一声地喊叫起来。可不管是用希伯来语祷告,还是用匈牙利语诅咒,都没起任何作用。出租车一辆接一辆从身边驰过,可没有一个人理我。单臂侧举了一个多小时后,我还是孤零零地立在路边。到了后半夜三点钟,我扑通一声跪倒在林荫道中间,哭出声来。当然也没用!巴黎的司机都是见过大世面的人,你下跪也罢,你痛哭也罢,都是小孩子玩的伎俩,他们一眼就能识破。

天亮了,我一瘸一拐地走进酒店。"先生,您下次来巴黎的时

---

① 原文为法语:bonheur。

候,"值夜班的服务生说道,"最好选择您要去的剧院旁边的酒店。"

还有一个难忘的日子。我刚站到路边,单臂侧举还没做过瘾,就有一辆车停到了我身边。显然那位司机一夜没睡,脑子不很清醒,竟然忘了用手抓住门内的把手!我乘势钻了进去,就像打了胜仗刚刚归来一样,喊了一声我要去的剧院的名字。

"哎呀!"马塞尔对着后视镜说道,"不顺路。对不起,您下车吧。"

我一动不动。谁也不说话,只是互相盯着对方的眼睛。好几分钟过去了。马塞尔突然熄了火,下车,绕到我这边的窗口,一口烟吐在我的脸上。说:"发动机坏了。下车吧,猪①!"他喊我猪!

当时我不知道哪儿来的勇气,依然坐在那儿一动不动。虽然心里有些怯火,但表面上装出一副凛然正气。"你自己想办法启动吧。我等着。"

马塞尔似乎也灵机一动,改变了策略。"先生,您听我说,"他口气软了下了,"我一家人的生计全靠这辆出租车。老婆喜欢买奢侈品,几个儿子都是大饭量,还有位上了年纪的秘密情人靠我养活。我如果送您去您说的那个剧院,回程一个人都不会有,我就得跑空车。几十公里的空车,您能明白吗?您还是学乖点儿,抬抬您的屁股吧。"

我屁股很沉。我比他高出一个头,要打架我也不怕。

马塞尔耸耸肩,钻进了街对面一家酒馆。他坐在窗口,我隔着玻璃能看见他点了一杯绿茵香酒。我还是坐在车里,一动不动。咱

---

① 原文为法语:Cochon。

041

们今天就这样耗着，看谁能耗过谁！屈服？没门儿！

一个小时过去了。马塞尔回到车里，轻轻一动车就着了。一句话没说，把我拉到了剧院。显然，他认为我是一个值得与他较量的对手，所以只好认输。我给了他一笔可观的小费。至于剧院里的演出，当然了，我只看到了最后十分钟。出了剧院又是半夜，自然一辆车也打不到。我也没打算做单臂侧举，举也没用，只能一步一步地走回酒店。不过也值了，总算在巴黎跟的士司机们斗了一回，而且获得了胜利。这应该是我人生中很精彩的一笔。

在巴黎的最后一天也没能幸免与的士司机的战斗。也是半夜，在蒙巴纳斯。我刚到路边，他便朝我冲来，差点把我碾到轮子底下。他没等我说话，自己就先开口了，当然烟卷用不着从嘴角取下来："北边我不去，南边我也不去。你想去凯旋门附近，最好打消这主意。先得说好小费，这都后半夜了……"

"别担心，你这小子！"我没等他说完，就说，"让你停车了，给你十法郎。我喜欢步行。"

他用指头尖轻轻摸着我递进去的钞票，似乎钱上沾上了什么脏东西一样。"妈的！这点钱也算小费？"他一边嚎着，一边把我的"妈的"揣进口袋。蹄子一蹬，没了踪影。

我好爱他们！情不自禁啊！我爱巴黎的的士司机，真的像老鼠爱大米！

不列颠人的克制和礼貌每每让外来者瞠目结舌。记得有一天在伦敦火车站,一位胖子在拥挤的车厢里挤来挤去,四肢并用,推推搡搡,想为自己庞大的躯体和三个巨型皮箱找一个稳妥的位置。这事儿若发生在我们国家,早有人把他踹下火车了。可英国人举止优雅,只是静静地注视着这个野牛一样的人,目光中流露出一丝不屑,似乎在说:"这种行为有失人格。"不过,还是有人忍不住了,一位上了年纪的绅士说:"先生,您这样推推搡搡,想干什么?毕竟,别人也有权在这火车上拥有一席之位。"

"我才不在乎别人呢!"胖子回了一句,继续像野牛一样将别人推到边上,"我不能因为考虑别人而一直站到南安普顿吧?"

大家都不做声,任由他推开旁人,一人占了两个人的座位。就让这胖子坐着吧,一直坐着吧。想让英国人发脾气?没门儿。火车往伯明翰方向驶去,一路向北,而南安普顿却在南方!

礼节

现在,让我讲讲我访问英国时——更确切地说是离开英国时——所发生的事情,这足以证明不列颠人的传统礼节如何根深蒂固。我去一个叫作文化关系委员会的政府部门办事,部门主任麦克法伦很热情地接待了我,又是拥抱,又是沏茶,事毕又亲自送我到办公室门口。门道富丽堂皇，镶嵌着铁钉的橡木天花板得抬起头才能看个清楚，据说是一七〇三年的装潢。

就在门口，我们两个人都停下了脚步。

"请，"麦克法伦先生说，"先生，您先请。"

我在不列颠的国土上已经熏陶整整两天了，自然知道做个文明人应该如何处世。

"不不，麦克法伦先生，"我一动不动，说道，"您先请。"

"您先请，先生，"麦克法伦说，"这是我自己的办公室，我不是外人。"

"年纪优先，才貌次之。"我开了个玩笑，"您先请，麦克法伦先生。"

我们两个就站在那里，争论着谁应该第一个跨出门槛。说真话，我当时还有急事，可我不愿意因为失礼而让麦克法伦先生心生怨愤。他的确要比我年长许多，而且还是一位地地道道的不列颠人。

"不不，麦克法伦先生，"我一边说，一边伸手将他推了一把，"您先请。"

"您先请，先生！"麦克法伦抓住我的胳膊，把我推到了门槛上，说道，"在这儿，我是主人。"

"您比我年长，"我一边说，一边紧紧抓住他的肩膀，把他推到门槛上，"您先请，麦克法伦先生。"

"我……我……不是……外人。"麦克法伦先生被我抓着肩膀，衣服勒住了脖子，有些喘不上气来。突然，他伸出一只脚，朝我的脚后跟踢去，我险些跌个趔趄。紧急关头，我一把抓住门口的桌子腿,这才不至于被他推出门外。

"不行!不行!"我好不容易站稳脚跟,"不行,麦克法伦先生。您先请!"

我上衣左边袖子已被撕裂,主任的裤裆也开了一道口子。我们两个人就这么对视着,喘着粗气。突然,麦克法伦先生向我扑来,我身体一闪,他一头撞到一个文件柜上。

"您先请,先生!"麦克法伦先生从地上爬了起来,嘴角吐着白沫,抡起一把椅子,朝我甩了过来。

"不行!不行!麦克法伦先生,您先请。"我大张着嘴,顺手抄起一根拨火棍。

椅子越过我的头顶,打在丘吉尔的画像上,画框玻璃哗啦啦地掉落在墙角。我将拨火棍扔了过去,用力太猛,棍子打中了天花板上的吊灯,屋内顿时一片漆黑。

"我不是外人,先生!"麦克法伦先生在黑暗中喘着粗气,狠命地说。

"可您比我年长。"我在黑暗中大声喊了一声,抓起桌子朝他发声的方向掷了过去。麦克法伦先生轰然倒地,呻吟了一声,晕了过去。我摸索着找到他,一把拎起他的身体,把他扔到了门外的过道上。

当然,我得把他先扔出去:"您先请!"我怎么能失礼呢!

我常想，如果能够想出一个奇妙的主意并把它卖给好莱坞的电影制片人，便可以坐享清福，子子孙孙不愁吃穿，何苦一辈子辛辛苦苦爬格子写字呢？

我买了机票，坐上了去世界电影大都会的飞机，想着飞到高空一定会有奇思妙想滚滚而来，等飞机在洛杉矶降落，我便可以有资本去好莱坞了。我的后代会将这一天牢牢记住，因为这将是我们家族历史上的重大转折点。

代理人

坐在我旁边的这位，显然是土生土长的好莱坞人。飞机一起飞，他便呼呼大睡，鼾声把我脑子里那一丝灵感驱逐到了九霄云外。

我子孙的命运危在旦夕，所以不得不把他推醒。飞到芝加哥上空时，我摇了摇他的肩膀，说："请问，咱们几点能到？"

"不知道。"他咕哝了一声，我大概能听懂他的意思。他又说："问这干吗？"

"没什么，"我说，"先生，您住在好莱坞吧？"

"没有。"

"那您为什么去那儿？"

他睁开一只眼睛,茫然地望着我。

"我咋知道?"他说,"您去问我的代理人。您有代理人吗?"

"没有。"我这一说,他差点从座位上跳了起来。

"老天哪!"他大叫一声,"您没有代理人,那怎么生活呀?谁处理您的事务呢?"

"不知道,"我有些吞吞吐吐,"老天……"

我这才明白,他为什么会睡得这么沉。他脖子后边的靠垫比我的大,他茶杯中有两袋茶叶,而我只有一袋。有一阵儿,我迷迷糊糊的正要入睡,半睁半闭的眼睛突然看见空姐偷偷塞给他一颗梨。显然,这当中有某种神秘的力量在起作用。不一会儿,谜底就揭开了。飞到得克萨斯上空时,空姐递过一张纸:"麦克斯威尔先生,您的电报。"

"好莱坞今天很热,请穿灰色外套。八点四十五与派拉蒙董事长会面。吻你。九。"这是他的代理人发来的电报。

"看见了吧?"我的邻座说,"您就需要这个。一位体贴的代理人。"

他随即对美利坚合众国的代理人体系做了一番赞美。照他的意思,代理人的工作不单局限于外套和梨等琐屑事情,他还负责经营你的事业、设计你的形象。换句话说,代理人提升、促进他的客户的个人事务和公众形象,不管他在什么地方,地上、空中、海上,无不在代理人的监护之下。代理人拥有并且熟练利用现代科技所造就的各种便利条件,一心一意为自己的客户服务,直到客户一命归天或者失业破产。愿上帝保佑孜孜不倦的代理人!

麦克斯的一番陈述,令我大开眼界。我问他做什么职业。

"我是一位代理人,"他说,"问这干吗?"

我自己也不知道我问这干吗。我有些窘迫,又问道:"既然您自己是位代理人,为什么还需要别人做您的代理人?"咋这么拗口,妈的!

我接着问:"您是不是觉得自己是位不合格的代理人?"

"我是一流代理人,顶级的!"邻座很大度地笑了笑,又说,"正因为我是一个一流代理人,所以我必须得有个代理人。我总不能跑到世界各地,自己吹自己吧?'啊,我是世界上最好的代理人!'这成何体统!得有人替我吹。所以我得有个代理人。明白了?"

还没到洛杉矶,我已经嫉妒得两眼发青了!飞机一落地,就听见大喇叭喊了起来:"请麦克斯维尔先生到门口来,有辆凯迪拉克汽车正在等候!"一位体格高大的男人一手抱着一束鲜花,一手提着一把雨伞,站在出口处。这应该就是那位忠实的九吧?他先将行李放进凯迪拉克,又替麦克斯威尔先生拉开了车门。哇!好风光的麦克斯!我孤零零地站在门口,脚下堆着两个箱子,像个弃儿,满怀恐惧。只是因为没有代理人,便没有一丝希望。我走向问询台,对着那位公主说道:"女士,能否劳驾您替我找个宾馆?"

公主长长的眼睫毛忽闪忽闪地动了几下,说道:"您的代理人没有为您预订酒店吗?"

"我没有代理人。"我虽然深感自卑,但也只能实话实说。我能感觉到我的嘴唇没有一丝血色。"可我也应该能找到一间宾馆客房吧?您能否为我推荐一家?"

"这条街上有两位非常杰出的代理人。"公主凝视着前方,似乎在盯着我看,可似乎又像穿透我的身体望着远方。"这么晚了,一般情况下他们都不会接活的,不过有一位,我倒可以替您打电话试试……"

"我不需要代理人,"我感觉气都快上不来了,挣扎着说,"我只需要一间宾馆客房!"

公主有些茫然,随即把我丢到了一旁,不再理我。在她看来,我是一个不识抬举的蠢货。我抓起话筒,随便拨了一个比弗利山上的电话。

"对不起,厨房先生,"对方竟然把我的姓读成了厨房!没关系的,"我们客房已满。"对方立刻挂断了电话。我拖着沉重的脚步,还有比脚步更沉重的行李,走向一辆出租车,告诉司机拉我去宾馆。司机似乎吃了一惊:"哪家宾馆,先生?"

"我不知道。"

司机一脸的同情。

"我没有,"我马上说,"我没有代理人。我就是没有代理人。"

"太不幸了!"司机说,"在我们这儿,没有代理人,您寸步难行。看,我这个开出租的,没有代理人都没法工作。白天,我在酒店洗碗……"

他问我,您怎么会没有代理人呢?我解释说,这是原则问题,我痛恨代理人。从我出生的那一天起,我就恨上了代理人。我与代理人水火不容。我不需要!

"您生下来就这样?那可真是太不幸了!"司机若有所思地说,"在好莱坞,没有代理人,一天都活不下去。"

"我是作家,很有名。"我说。

"那也没用。谁也不会直接跟您说话。"

洛杉矶是世界上最最大而无序的城市，好莱坞就在它的边上。西海岸的出租车司机话多，废话多，谁都知道。一路走着，他说个不停。我渐渐明白，在这里，代理人综合征已经感染了生活的方方面面。在这座赛璐珞梦幻城市的各个角落，代理人与他们的艺术家客户之间关系亲密异常，像家庭成员一样，更甚者，有乱伦的嫌疑。司机说，就在几天前，报纸上说一位家喻户晓的电影导演将自己的代理人活活掐死，只因为这位代理人不愿继续为他服务，而选择了几个弗拉明戈舞星作为客户。导演嫉妒得要死，自己没死却把叛徒掐死了。司机说，好端端一个导演，就得上电椅了，可惜呀！法庭上，陪审团一致裁决判他有罪，因为杀死代理人比杀死亲爹还要罪大恶极。亲爹生你时，你年幼不懂事。代理人收养你的时候，你可是成年人了……

"很有趣！"我说，"我想在这儿下车。"

经过比弗利山的时候，我看见了那辆蓝色的凯迪拉克，忠实的九就站在车旁。老天有眼！我两步并作一步冲了上去，上气不接下气地做了一番自我介绍。"九，"我说，"您做我的代理人吧。"

九看着我，脸上没有任何表情。他从内衣口袋里掏出一个笔记本，念道："明天早晨九点半，CBS 电视访谈。一点一刻，与《闲话》专栏作家海达·霍普见面。两点十分，与派拉蒙董事长共进午餐。三点，合影。别忘了带吉他……"

"好的，"我说，"可我不是流行歌手。"

"一切交我处理，好不好？"九说话很不客气，"您住 2003 房。早饭七点半。两颗嫩煮鸡蛋，对您嗓子有好处。幸会！晚安！"

"谢谢！"

"慢!"九说,"在这儿签字。"

他掏出一张表格,小号的字密密麻麻。我扫了一眼,大致意思是,在美利坚合众国的国土上,在大英帝国的辖区内,在这世界的任何角落,我郑重承诺:我愿意将我总收入的百分之十支付给我的代理人。总收入,包括工资、遗产、赌博所得、拾金不昧者的赏金。

"九,"我声音有些发抖,"这是终身合同吗?"

"那还能是什么?"

"这样的话,对不起。"我将那张纸扔给他,拎起行李,朝酒店大厅走了过去。九在我身后喊道:"别白费力气了,他们不会给你房间的。"可这时候任何代理人都挡不住我的脚步,在这最后一瞬间,我明白了这其中的奥秘。

"我是贝尔尼·施瓦茨,"我走到前台,说道,"我是厨房先生的代理人。厨房先生是派拉蒙董事长的文学顾问,托尔斯泰《战争与和平》的作者。一个双人间,带电视。马上!"

坐在双人间里,我拨通了海达·霍普的电话。"嗨,亲爱的海达,"我对着话筒喊道,"我现在替厨房做事儿。你一定想知道这位天才作家最近在写什么吧?"我把与派拉蒙董事长的约见定到了星期五。我答应他,我会带上厨房先生的几页手稿。没几天时间,我就为那位蠢货厨房先生建起了庞大的关系网,并将他的声誉提高到二十世纪首席作家的地位。没有出现任何障碍,因为没人真的想见厨房先生,他们关注的只是他的代理人。一周后,我下定决心,这个真正的我,也就是被称作厨房先生的那个作家,完全是多余的。我立刻解雇了我。我不需要作家,我只需要一个一流的代理人。

这是一个忏悔的年代、一个说真话的年代，因此我想坦白：本人敬佩骗子。幽默作家和骗子这两个行当性质类似，所以我敬佩骗子不值得大惊小怪。这两种职业都靠着人类的愚蠢谋生。这个社会的官僚体制越腐败，家庭里扯淡的事情越多，人们的脑子越糊涂，虚荣和虚伪越严重，个人、社会沉沦得越深，骗子和幽默作家的事业就会越兴旺发达。这是两种智商很高的罪犯，骗子付诸行动，幽默作家付诸笔端。骗子和幽默作家情同手足，一对恶棍！

我从小就暗自佩服各种犯罪分子，直到今日，每逢在电视报纸看到国际刑警组织悬赏追拿罪大恶极的坏人，我就会默默为被追捕者祷告。记得小时候，别的孩子都梦想着飞往月球或者击败海盗，我梦想的却是把多瑙河上的几座大桥卖给有钱人。

我至今没有长进，还停留在孩提时代的幼稚幻想里，这当中的原因不在于我所受到的道德教育，不在于耳朵里塞满的高尚的行为规范，而在于一个我没有必要隐瞒的事实，即我的胆子实在太小，没有勇气将我的雄心壮志付诸实践。

真是一件很遗憾的事情！我天生好奇，对人类和人类形形色色的动物本能了如指掌，所以我若想凭借自己的才智干一番被国际刑警组织追捕的罪犯才能成就的大事，应该不成问题。我十岁的时候就意识到我有这本事。我只要站在街角，仰头看着天空，那帮坏蛋就会围过来，跟我一样仰头看着天空。我用不着指手画脚，他们就会乖乖地听命于我。上中学时，我带着几个伙伴到一家高级游乐场的恐怖洞里玩，趁着洞内的黑暗，我们下了轨道车，站在边上，朝着车上的人每人一个嘴巴。头顶几十只电动猫头鹰叫个不停，两侧几十架电动骷髅晃个不休。我们就是在这些现代科技的掩护下，尽情享受扇嘴巴的乐趣。上帝呀！你可是无所不知，你眼睁睁地看着我们乐不可支，那些蠢货摸着火辣辣的脸颊，却不知道是怎么回事儿！

还有一件事，至今想来都羞愧难当。课间休息时，我对着全班同学喊道："我想知道有多少人想吃双份香草冰激凌。不想吃的请出去，想吃的留下。"

多半同学坐着没动。我仔细数了一遍，很满意地宣布："嗯，比我预想得多。"

过了几分钟，有人问冰激凌在哪儿。

"什么冰激凌？"我说，"我只对统计数字感兴趣。"说完立即飞了出去。

还有打电话。对了，电话里真是乐趣无穷。

最难忘的是邻居小媳妇玛蒂尔达。我精力充沛，半夜没瞌睡，抓起电话就拨通了隔壁邻居的号码。男人迷迷糊糊地从床上爬起来："喂！哪位？"我用最深沉、最色眯眯的嗓音轻声叫道："玛蒂尔达？"

"你是谁？"男人肯定一点儿睡意都没了，突然提高了嗓门，"你是什么人？"

我挂断了电话。

隔着墙，我听见邻居男人和他的小媳妇打得不可开交。真是乐趣无穷！隔壁上演着莎士比亚的悲剧，《奥赛罗》还是《暴风雨》？我隔着墙从中学到了很多生活中的微妙细节。那些日子可真是！十六岁时，我在小报上登了一条征婚广告："本人年轻貌美，新近守寡，得巨额遗产。有意觅得一位中年郎君，精通理财者优先。"罗萨里奥回信应征。我们俩书信往来，柔情蜜意好几个月。

那则征婚广告是我的处女作，我从此踏上文坛，下笔如有神，一发不可收拾。纳粹辉煌的年头，我利用自己的一技之长避免了被送往公共淋浴室，当然这事儿说来话长，我得另外写一本书。

　　现在我将我的魔杖转交给我前途灿烂的朋友埃尔文科。那些神机妙算我觉得已经不适合我这个年龄了，所以让他来做倒也恰到好处。埃尔文科是个流浪儿，我本来对他不屑一顾，可他跟着我学习竟然能青出于蓝，不由得让我暗自佩服。我说青出于蓝是有依据的。我当年那些成就只能让我得到心理上的满足，而埃尔文科却能把人类的愚蠢和虚荣转变成一种看得见摸得着的东西，为自己赢得了实实在在的巨额收入。有时候我不禁纳闷，这小子哪儿来这么多的灵感？我是他的师父，他是我的徒弟，可这徒弟常常让师父大开眼界！

　　下面五篇便是我徒弟的故事。

犹太扑克

　　我们俩坐在咖啡馆里，每人端一杯咖啡，不停地搅着，谁也不说一句话。埃尔文科显得百无聊赖、无精打采的样子。

　　"这样吧，"他提议道，"咱们俩玩一会儿扑克。"

　　"不玩那个，"我说，"我不喜欢打牌。我总是输。"

　　"我没说要打牌！"埃尔文科说，"我是想咱俩可以玩一会儿犹太扑克。"

他给我讲了一通犹太扑克的规则。玩这游戏不需要纸牌,只要动动脑子就可以,《圣经》中的先知只动脑子,用不着任何其他物品。

"你想一个数字,我想一个数字,"埃尔文科解释道,"谁想的数字大谁就赢了。听着不难,是不是?可这里面学问深着呢。怎么样?"

"好吧,"我同意了,说道,"那咱试一局吧。"

每人往桌子上摆了五分钱,算是赌注。靠着椅子,各自心里盘算着一个数字。过了一会儿,埃尔文科示意说他想好了,我说我也想好了。

"好,"埃尔文科说,"你说你的数字。"

"十一。"我说。

"十二。"埃尔文科说着一把拿走了我的五分钱。我真想扇自己一个嘴巴,因为我开始想的是十四,只是到了最后,嘴一张却不知怎么成了十一。

"听我说,"我对埃尔文科说,"如果我刚才说十四呢?"

"废话!你说十四,我就输了呗。犹太扑克好玩儿就在这里,谁也没法预测结果。怎么样?如果你输不起,咱就不玩这个了。"

我一句话没说,掏出十分钱放在桌上。埃尔文科也拿出十分钱。我想了又想,说道:"十八。"

"妈的!"埃尔文科说,"我想的是十七。"

我暗自得意,把二十分钱全装进口袋。埃尔文科绝没想到我居然这么快就学会了。他也许以为我想的是十五或者十六,他肯定没想到我想的是十八。埃尔文科皱紧眉头，一脸火气，说赌注得翻一番。

"随你的便。"我一脸不屑地说。我有些忍不住要笑出声来了。这时候，我脑子里冒出一个奇妙的数字，三十五。

"你先出牌！"埃尔文科说。

"三十五。"

"四十三！"

他一边说一边把桌上的四十分钱全部揣进了口袋。我感觉浑身的血液突然间涌上了脑袋。

"我问你，"我的声音有些嘶哑，"上一次你为什么不说四十三？"

"因为上一次我想到的就是十七，"埃尔文科很不客气地回击道，"明白了吧？犹太扑克好玩就好玩在这里，谁也无法预测结果是什么。"

"一块。"我拼上命了。把赌注提高到一块钱，我眼睛也没眨一下。我嘴角上露出不屑一顾的神情，掏出一张一块钱的票子放到桌上。埃尔文科在口袋里摸呀摸，摸了好一阵儿，也拿出一张一块钱的票子，极不情愿地把它放在我那张的旁边。空气里充满了杀机。我喊道："五十四。"

"哎呀，他妈的！"埃尔文科火冒三丈，"我想的也是五十四。平了。再来。"

我的大脑飞速旋转。"你以为我还会说十一吗？小子！"我暗自思忖，"这下你会大吃一惊的。"我想到一个一定会让他火冒三丈的数字，六十九。

"咱们换一下吧，"我说，"这次你先出牌。"

"随你便,"他同意了,"怎么都行。对我来说,谁先出牌都一样。七十!"

我眼前一团黑。从罗马人围攻耶路撒冷那一天起直到今天,我还没有这样害怕过!

"怎么样?"埃尔文科催促道,"你想的是哪个数字?"

"你没想到吧?"我一脸晦气,低垂着眼睛说,"我竟然忘了。"

"撒谎!"埃尔文科火冒八丈,"我知道你在撒谎,怎么可能忘了呢?你肯定想到一个比我小的数字,不愿意承认。几千年的老把戏了,你以为我不知道?你真不要脸!"

他竟然用这种话骂我,我差点一巴掌扇到他的脸上,但还是忍了忍。我提议赌注再翻一番,随即想到一个肯定会要了他的命的数字,九十六。

"你先出牌,臭不要脸的!"我狠狠地对着埃尔文科喊道。他爬到桌子上,把脸伸过来,对着我的脸,从牙缝里狠命地挤出七个字:"一千六百八十三。"

我差点晕倒。

"一千八!"我心里很虚,但还是喊了出来。

"翻倍!"埃尔文科大喊一声,把桌上的四块钱揣进了口袋。

"翻倍?你什么意思?"我真的生气了,"什么叫翻倍?"

"玩扑克是不能生气的,生气就是沉不住气!输不起!"埃尔文科开始教导我了!他接着又说:"我的数字翻倍就是三千多,比你的一千八多多了,这连小屁孩儿都懂的,你不懂?"

"别说了!"我嘶哑的嗓子在冒火,顺手往桌子上掷下五块钱。"两千!"我先出牌了。

"两千四百一十七!"埃尔文科像乌鸦一样吼道。

"翻倍!"我笑着说。正准备伸手去拿桌上的十块钱,埃尔文科抓住了我的手。

"翻双倍!"他声音不大,说完马上拿走了那十块钱。我感觉我已经疯了。

"你他妈的听着!"我咬着牙,一个一个的字从牙缝里挤了出来,"如果有这规则,上次我就可以说翻双倍,不对吗?"

"你当然可以说,"埃尔文科说,"可你没说呀。我还觉得奇怪呢。扑克就是这样玩儿的。你不懂规则,不能怪别人,对吧,伙计?你注意力不集中,就别玩这个了。"

赌注提高到了十块钱。"你先出牌!"我尖声叫道。埃尔文科背靠在椅子上,慢悠悠地说:"四。"

"一千万!"我像凯旋而归的勇士,喊道。可是,埃尔文科一点也不惊慌,还是慢悠悠地吐出三个字:"无穷大。"

顺手把桌子上的二十块钱拿了过去。

我眼泪都下来了。埃尔文科抚摸着我的头发说道,据权威人士说,第一个想到"无穷大"的人就是赢家,对方说什么都没用。犹太扑克之所以好玩,原因就在这里。做决定都是一刹那的事儿。

"二十块!"我一边哭一边提高了赌注。我从口袋里掏出我最后的二十块钱,交到了命运之神的手中。埃尔文科也拿出二十块钱,放到桌上。我满头大汗,不是热汗,是冷汗。埃尔文克开始吐起了烟圈,一副满不在乎的样子。只是他的眼睛眯成了两道缝儿。

"谁先?"

"你先。"我说。他像泄了气的皮球,坐着不动。

"好吧，我先出牌，"他说，"无穷大！"伸手来抓那四十块钱。

"慢！"我大呼一声，喊道，"本·古里安！"

说完，马上把钱一把抓到手里。他莫名其妙看着我，我解释说："无穷大再大，也大不过总理。对吧，伙计？天黑了，咱们今天就玩到这里。"

付了咖啡的钱，我们俩走了出来。

埃尔文科想要回他的钱，根据是我喊的"本·古里安"，规则里面没有。我说："的确没有这规则，可是玩扑克有一条谁也不能改变的规则，输了就输了，输了的钱是不能要回去的。"

停车场爆炸案是人类难以治愈的痼疾。除非在共产主义国家,其他地方任何人都解决不了这个问题。问题一天比一天严重:在美利坚合众国,每五人有一辆汽车;在以色列,每五人,就有一个是交警。

浓香咖啡中的灵感

我们俩坐在我们常去的咖啡馆里。埃尔文科和我,每人端一杯浓香咖啡,四只眼睛盯着外边的"禁止停车"的大牌子。过道里,半冷冻的流感病毒发出阵阵咳嗽声。太阳快要落山,黄昏斜斜地蜷身在街面上。埃尔文科心不在焉地搅着杯中的半透明液体。每天这个时辰,照惯例应该是举办"汽车换主人"仪式的时候了。警察十点半后出来,我们这个街区的是一位瘦高个儿,留着老鼠尾巴一样的胡子,走路一副扬扬自得的模样。埃尔文科耐心等着。终于,执法人出现了,他来到一辆红色的赛车跟前,从口袋里掏出一沓罚款单。说时迟那时快,埃尔文科一个箭步冲了出去。

"稍等,"埃尔文科上气不接下气地说,"我刚进去还不到一分钟……就想喝一杯浓香咖啡……"

"先生,"执法人说道,"这话您留着给法官说。"

"真的,警官先生,"埃尔文科像头猪一样哼哼唧唧地说,"给个面子吧。毕竟,我这才……"

"先生，您这是在妨碍我执行公务！"

"我刚进去还不到一分钟……"

警察一副虐待狂的神气，在罚款单上写了几个字，抬起挑衅的眼睛。"睁眼看看，先生，"他说，"那牌子上写的什么字？"

"六米内禁止停车，"埃尔文科一脸懊悔，低声咕哝道，"不就是为了喝杯浓香咖啡吗？真是的……"

"先生，"警察说，"您再挑衅一句，我就得按交通法第十七条规定，停车离路边线太远……"

"明白了吧？"埃尔文科大声喊道，"就因为你这德性，大家恨你恨得要死！"

"交通法第十七条，"警察很平静地写下第十七条的内容，说道，"您得跟我到局里走一趟，先生。"

"可是为什么呀？"

"我没必要向您解释，先生。您的证件呢？"

埃尔文科掏出一样东西递了过去。

"先生，"警察大喊道，"我不需要您的医保卡！您的驾照呢？"

"我没驾照。"

"您没驾照？好哇你！交通法第二十三条。那您的汽车产权证呢？保险单给我看看。"

"没有。"

"没有？"

"没有。我也没有汽车。"

一阵沉默。

一阵突突跳动的、奇异的沉默。

"这么说,"交警的声音很低,"这红色赛车是……谁的?"

"我咋知道?"埃尔文科一下子有了精神,"我只是想进去喝一杯浓香咖啡。我一直想跟你说这个,可你不给我解释的机会。"

警察脸色惨白,突然变成一块反物质,下巴很有节奏地一抽一抽。他那表情我几天几夜都不会忘记,躺在床上睡不着觉也会时时浮现在我眼前。很快,他的脸变成了紫色。他把罚款单压在挡风玻璃上,转身离去。到了拐角处,随着一声尖利的枪响,他化为了乌有。

总的来说,这个傍晚过得很是愉快,充满乐趣。

蓖麻油纸上的财路

几日前，我跟埃尔文科坐在咖啡馆里闷闷不乐。国家道德沦丧，百姓是非不分，让我们俩痛苦难当。咖啡馆坐满了游手好闲的懒汉，无所事事，寄生虫一样依附在一个溃烂的躯体上，不知靠什么为生。我们坐在咖啡馆里为这问题苦思冥想已经好几天了，却没有想出个所以然来。我们俩年富力强，雄心勃勃，梦想着有朝一日能够征服整个内格夫沙漠，当然，眼下还是得琢磨琢磨靠着这微薄的收入，如何才能填饱肚皮。怎么办？我们自问，怎么办？喝完咖啡，站起身，付了款，打算出门再找一家馆子，坐进去继续思考这纠缠不清的问题。就在这时，埃尔文科发现旁边的空椅子上，放着一个棕色纸袋。纸袋放在那儿应该有很长时间了，只是我们心事重重而未曾发觉。

"喂，"我说，"应该交给大堂经理。"

"当然了，"埃尔文科回答道，"但是，需要这么着急吗？"

简而言之，我们在跟自己的良心搏斗，良心自然要占上风。但是，任何战斗，胜负都是随时在变化的，这是常识。埃尔文科想到了一个万全之策。

"交出之前，咱们不妨先打开看看，"他说，"万一里面是假钞，交上去会给我们惹麻烦的。"

埃尔文科想得周到,我佩服得五体投地。我们撕开棕色的包装纸,发现里面是一大摞标签纸,足有十万张。就是药瓶子上贴的那种。印着三行字:

OL．RICINI

蓖麻油

使用前摇匀

埃尔文科一眼盯着这些标签,突然间脸色惨白,浑身发抖。显然他已激动过度,说话都有些结巴:"天哪!我们发财了!你我成富翁了!"

一开始,我还以为咖啡喝得太多,把他的脑子喝坏了,所以尝试着让他清醒过来。可我说什么,他都不理。他一把抓住我的胳膊,冲出门去,来到附近一家五金店,买了几公斤大头针。

我们俩立刻忙了起来。

埃尔文科挡住迎面过来的一位中年绅士,用大头针在他外衣翻领处别了一张蓖麻油标签纸。

"多少钱?"绅士问道。

"您随便给。"艾尔文科说着,接过绅士递过来的五毛钱揣进口袋。又过来一位女士,领着两个小女孩。埃尔文科往女士的胸前别了一张标签,两个女孩看了,大喊道:"妈咪妈咪,我也要。"又得到了五毛钱。一位衣着很讲究的绅士递给我们一块钱,却把蓖麻油纸装进了口袋,显然他不愿意在那么漂亮的衣服上扎两个窟窿。平均一张蓖麻油标签五毛钱。也有不情愿掏钱的。有位年轻的存在主义者很生气地拨开了埃尔文科的手,说他不信任何宗教。还有个男人大骂道:"去你妈的!我才不会为你们这些法西斯分子捐款呢。"

过了一会儿,我们每人拿了一沓标签纸,分头行动。不到三个小时,就有路人指着胸前的标签纸说他们已经捐过钱了。

到中午时,大头针用完了,我们又买了三四公斤。夜幕降临的时候,满大街的人没有一个不佩戴蓖麻油标签纸的。所有的标签都发出去了,我数了数,一共赚了一万块钱。埃尔文科比我手快,赚了一万四千块。

明天去海法。后天去耶路撒冷。

车管

都说正在举办的家居博览会多好多好，全城的家庭妇女，不管老幼，都被吸引了去。我们俩决定也去凑凑热闹。我是说埃尔文科和我。我们俩跳进我的车，加大马力朝博览会会场冲了过去。几分钟不到，我便将车停到了大门口的广场上。我去窗口买票，埃尔文科靠在墙角，用牙签剔着牙缝里的羊肉。

突然有位绅士模样的男人走上前来，问道："多少钱？"

"三毛五。"埃尔文科说。随即接过男人递过来的钱。男人并没有立刻走开，站在那儿，似乎在等待着什么。等了好半天，他才说："你得给我票呀。"

"什么票？"

"什么票，你什么意思？我的车呀。"

"哦，那个。"埃尔文科恍然大悟。他掏出一个笔记本，撕了一张，写下了男人汽车的牌号："T14948"。

男人小心翼翼地把纸片折叠起来，塞进钱包。临走前，他又问道："游泳馆门口看管一辆车才收两毛钱，你怎么收我三毛五？"

"我就收三毛五，"埃尔文科说，"你不乐意，开走，停到游泳馆门口好了。"

男人红着脸走进了博览会的大厅。埃尔文科站在那儿一动不动，转起了脑筋。

他不再等着别人过来问他，而是主动走向每一位停车的人。只要有人停车，他便会走过去，从笔记本里撕下一张纸，写下车的牌号，还有今天的日期，说道："三毛五。"

只有一个吝啬鬼拒绝付款。他把车倒了出去，停到了离大门三公里外的地方。就为了节省三毛五分钱！不到十分钟，一个笔记本就被撕完了。恰好，我口袋里有一张市政办公室发的公告，很大一张纸，背面干干净净。我们将它撕成小片，继续写上车牌号码和今天的日期。

公告纸也用完了，我们俩走进博览会大厅，跟一位推销自动土豆削皮机的女郎聊了起来。聊得热火朝天，她还主动把她的电话号码告诉了我们，可我们一张糖纸都找不到，竟然没处记下她的号码。从博览会大厅走出来的时候，我们已经把替别人看管汽车的事儿忘得一干二净。这时候，第一位顾客，就是那个绅士模样的男人，脸色苍白，慌慌张张地跑了过来，手里摇着那张纸片，几乎甩到了我们的脸上。这才知道他的车被人偷走了。埃尔文科仔仔细细地看了一会儿那张纸，说道："T14948，对了，你说得很对。三毛五退还给你。"

埃尔文科退给他三毛五分钱的现金。

我们俩买了机票，飞到塞浦路斯，过了一个舒畅的周末。

羊排

我们俩坐在卡梅尔山顶,望着山下海法市大街上光亮如洗的人行道和人行道上衣着光鲜的人群,各自想着心事。一只苍蝇孤零零地在我们的桌面上爬过来爬过去,不敢嗡嗡地弄出一点声响。空气很凝重,静悄悄的。埃尔文科的胳膊肘伏在一摞杂志上,手掌托着下巴,看着杂志里的犯罪新闻,嘴里啧啧个不停。

"敲诈还是很有它存在的意义的,"他读完后抬起头,看着我说,"咱们也试一试,咋样?"

我付了钱,和他出门往山下走。咖啡馆对面的那家肉店首先进入了我们的视线。埃尔文科解开衬衣扣子,露出肚皮。我们俩一起走了进去。

"早上好!"埃尔文科先声夺人,"我是新帮的帮主。"

肉店老板一脸茫然,问道:"怎么啦?发生什么事儿啦?"

"他们不干了,"埃尔文科答道,"从现在起由我们接管。你是按月支付,还是按车皮支付?"

"是按车皮支付的。"老板回答道。

"从今天开始,你得按月支付。每月三千块,月初一次付清。"

"三千块?"

"这是按照标准收的。你不知道我们经营一个黑帮,成本有多高吗?"

"对不起,"老板还想辩解,"以前他们只收一千五。"

"史莱辛格老贼也是这么说的。愿他在天之灵得以安息!"埃尔文科一副毫不在意的神情,一只手揣进了裤兜。老板吓得退到了柜台后边,眼睛睁得大大的。"我……我……要去市场委员会告你!"

"去呀!"埃尔文科笑着说,"我们刚从那儿过来。"

"我去市政府告你!"

"莱文森上周二去过那地方,也说要告我,"埃尔文科皱了皱眉头,"想找麻烦,是不是?"

"我是工会会员!"

"谁不是呀?我也是,"埃尔文科说,"那又怎样?"

"我自己进货,从不劳驾别人,"肉店老板咆哮起来,"我要捍卫我的权利,我是党员!"

"哦!"埃尔文科大笑起来,"党……别拿党来吓唬我了。"

他费了好大的劲才冷静下来。

"卖肉的,你好好听着!"埃尔文科的态度缓和了下来,"你总该听说过可怜的米塔格森老头儿后来是什么下场吧?"

"我要报警!"

"不用你辛苦了,"埃尔文科一边说,一边清理着手指甲缝中的污秽,"两点钟我要跟警长一起吃午饭。"

"我找市长去!"

"哦哦!你真把我吓着了。"

"我去部里告你!"

"我跟你一起去。"

"哎呀！"老板无望地叫道，"主神在上！"

"他明察秋毫，一切都看在眼里。"

老板哭出声来。埃尔文科抚摸着他的脑袋，说道："我们知道这事儿难为你了，"他的声音突然变得很温柔，"可是生活就是这样的。卖肉的，你该明白吧？所有的费用都在上涨。几个月前，五千块钱就可以买一挺很不错的机关枪，可现在得花上一万块，还得给上面的人行贿。去年，市政府的高级官员两千块就可以打住，今年他们张口就是六千、八千。法官开价一万二。我们有什么办法呀？"

最后，双方同意分期付款，月初现付一半，剩下的月底付清。作为交换条件，肉店老板答应运输费用自己承担。他千恩万谢，感激得不得了。他真是个好人，的确是！就是有些神经紧张，就这点毛病。他送给我们一打羊排，外加一只火鸡，恭恭敬敬地把我们送到门口。这种人，只要你好好开导，还是能学乖的。

以色列最不缺少的，是性诱惑。随你怎么说。若不是这样，我们的旅游业为什么会如此发达？性诱惑，的确，我们有的就是这个。尤其在闻名遐迩的埃拉特温泉，奇迹一个接一个地发生，自创世以来，还没有哪个地方能比得过呢。

海底探宝

我们只去过一次埃拉特，那还是很久以前的事儿。待的时间不算长，但那天堂般的美妙之处所能提供给我们的各种娱乐，我们都一一享受到心满意足。先去望了一眼所罗门王石柱，跳进红海的浪花里扑腾了一阵儿，睡了个午觉，饱餐一顿，又冲向所罗门王石柱，一根一根细细地研究，再下海游泳一两个来回，最后又挤进人流来到所罗门王石柱之间。

可是这些跟无人不知的玻璃船相比，都算不了什么。玻璃船能让游人舒舒服服地观赏海底的所有奇珍异宝，而且无需弄湿衣服。

据说，几位游客来到埃拉特，本打算住一两个晚上，可坐了玻璃船后竟然上瘾，待在那儿不愿离去。

所以我们也挡不住诱惑，来到这儿买了票，登上玻璃船，没什么可意外的。跟我们同去的是一位加拿大阔佬，带着妻子和一打情人。船运公司把船舱布置得非常浪漫，整个气氛很适合恋人们相聚。座位原始纯朴，玻璃船底朦朦胧胧，好像几个月没有擦洗过。船长是位经验丰富的老海员。

我们很顺利地下了海。玻璃船底刚才还一副脏兮兮的样子，可一遇上海水，就像触上魔杖一样，瞬间变得透明无比。绿色的海水清澈见底，每一粒沙子都像活了一样伸胳膊伸腿。

我们浮在海面随意漂流了大概半个小时，海底的沙滩永远保持一个模样。一生中还是第一次见到如此美妙的沙子，一尘不染，沙粒都一般大小，没有一丝不协调的成分。平顺光滑的沙子，一望无际的沙子，沙子！除了沙子再无别物。加拿大阔佬举着高级相机，一边拍照，一边兴奋地哼哼唧唧。

"快看！"阔佬夫人激动得手指头都在颤抖，"快看！"

所有人都低头看去。这一看，所有的心脏都停止了跳动。在这让人眼花缭乱的黄昏，在这一望无际的海底沙滩，藻类植物簇拥着一个黑乎乎的物体，半掩半露。定睛一看，那是一副公交车的轮胎，稳稳当当地躺在沙子里，周围一片寂静，神秘莫测。

梦幻般的旅程还在继续。一对年轻情侣指着船底滑过的几块黄色岩石，咯咯大笑着。加拿大阔佬对着他的夫人和情人大声说，他走遍了全世界，见过形形色色的石头，今天海底这几块形体如此一模一样的石头，还是头一次见到。

石头缝里，可以观赏到《天方夜谭》中各种奇妙无比的宝贝：各种各样的瓶子，有方的有圆的，有空的有满的，有完整的有破碎的。有些里面装着黄黄的沙子，就是旅游纪念品商店卖给远道而来的游客的那种沙子。

儒勒·凡尔纳小说中的情景一一展现在我们眼底,栩栩如生,令人惊诧不已。每看到一样奇妙的景观,大家都会屏住呼吸。突然间,有什么东西一闪而过。

"鱼!"我尖声叫道,"鱼!"

老船长熄灭了发动机,好让我们静静地、仔仔细细地观赏这永生难忘的海底世界。

就在我们脚下,三条沙丁鱼摆着明晃晃的鳍,闪了一下,钻进了石头缝里。

老船长说:"先生们,仔细看了,底下有一艘沉船。"

有人趴下,有人跪下,大家透过玻璃船底向下张望,不愿漏掉一丝一毫。一开始,我们的视线都有些模模糊糊,看不清船下的海水里到底有些什么。过了很久,盯了很久,眼睛适应了海水绿茵茵的空濛,大家这才看清,船底下真的什么都没有。

"被沙子埋住了。"老船长用他沙哑的嗓音解释道。听着他的讲解,我们的脑海里浮现出一幅波澜壮阔的图景:汹涌的大海如妖魔鬼怪,一艘大船偏离了航道,被暴风雨击倒,悲怆地沉入海底。一位年轻的女士浑身发抖,喊着快点儿上岸。

"可以,"阔佬说,"可是我一定要看一眼箭牌(KENT),不能半途而废。"

老船长猛地将船向右调了个头,船体倾斜,几位女士吓得尖叫起来。船在开阔的海面上全速前进。疯跑了半分钟,停了下来。阔佬趴下身子,脸贴着船底,激动地大喊道:"KENT! KENT!"

就在一块岩石下面,我们看到了 KENT!那是一只箭牌香烟的硬纸盒,小半边被撕开,多半香烟还在里面。商标也只能看见一半。"KE"两个字母依稀可见，"NT"被水草覆盖着。阔佬举着相机，对着烟盒咔嚓咔嚓了好一阵儿。随后，老船长打开发动机，大家返回基地。

哦，埃拉特！如果我忘了你，愿上帝废了我的右手！

犹太人要是发了大财,想帮助以色列搞建设,最常见的途径就是盖一栋酒店。当然这也是进一步发财的好机会。那些外国来的游客就等着被剥皮呢。可以色列自己的人要是住进去,那就倒了大霉。

我就犯过这个大错,并为此付出了很大的代价。我想方设法躲开了税务局那帮混蛋,攒了点钱,就想着到一家超级豪华的酒店里去享受一番。我选了这家拥有高尔夫球场、板球场、棋牌室和特殊跑道(只有星期三晚上开放)的酒店,住了进去。

请告诉我房号

出租车拉我到酒店大门口,一位穿着华丽制服的大堂副经理抓起我的手提包,说道:"请告诉我房号。"

"不知道,"我说,"我这不刚到吗?"

他弓着腰,把我领进门,来到大理石前台。一位特工把我房间的号码透露给了我,257。大堂副经理马上掏出一个笔记本,写下了157,我耸了耸肩,觉得多此一举,可能又是伪日耳曼人故弄玄虚的伎俩,装出一副井然有序的样子给顾客看的。特工又拿出一枚镶着钻石的24K金钥匙递给我。我走向157房,用金钥匙打开门,推开壁橱,把箱子里的衣服全抖出来,一一挂了进去。挂完衣服后,我想洗一下沾满灰尘的双手,却没找到香皂。打了电话后,一位女服务生立刻递进一块包装纸上印有好莱坞明星的香皂，说道："请告诉我房号。"

虽然很纳闷，她就在我房间里，咋还会不知道房号？但我还是很热情地回答道："一百五十七。"这女生掏出一个笔记本，写下157。我抬了抬一边的眉毛，没说什么，下楼去了餐厅。餐厅服务员端上一杯茶，两片吐司。吐司香得了得，忍不住又要了一片。

"请告诉我房号。"服务生那口气就像当过外交官，身子挺得笔直笔直的。自然他又将157写在笔记本上。随后我回到房间里，换上参加晚宴必须穿的正装，出门时遇见一位准将，我是说，他那身衣服跟准将军服差不多，只是目前的军衔是行李员。我问他几点了。

"我住一百五十七号房，"我主动提供房号，"请问，现在几点了？"

"五点三十分。"准将一边说，一边将157三个数字写在笔记本上。后来，我去要了一把衣服刷子，主动报告了157，又请他们到屋子里喷洒了一点空气清新剂，自然也主动报告了157，他们都一一记在笔记本上。不管做什么都要问房号，这让我惴惴不安。我来到客房部经理办公室，想聆听一下他对这一举动的高见。

"请问大人，为什么我每次都要报告房号？"我问道。

大人很不耐烦地瞅着我疲惫不堪的身体，冷静地说："房费以外的任何工作都属于额外服务，需仔细登记，结账时一并算清。本店工作人员必须随时记录房间号码，以确保结算时准确无误。请告诉我您的房号！"他操着一口牛津腔的英语回答道。这些高档酒店流行牛津腔，所以来自美国的犹太人往往得自带翻译。不过，到了万不得已的时候，他们也能说意第绪土话。

"一百五十七，大人。"我说。

"谢谢您，先生！"大人一边说一边在一张纸条上写下，"157，咨询。"

从那时起，157 就成为我生命的主导动机。两天后，如果不自报 157，我竟然都不敢上前与酒店任何工作人员打招呼。有天我点了一份柚子汁，服务员说没有，我立刻提醒他必须在笔记本上写上"157，没有柚子汁。"

四天后，我竟然像多年的囚徒一样，见人便说："一百五十七号，见到您很荣幸！"

"见到您我也很荣幸。"魏因加特纳王子，也就是酒店经理的秘书，立刻回答道。然后他掏出笔记本，写上："157，见面介绍。"

真是难以想象，我整个世界观都发生了改变。有天傍晚，我坐在紫水晶露天阳台上享受着充满臭氧的空气，不曾见过的一位准将走了过来，一手拿着笔记本，一手握着铅笔。

"一百五十七，"我说，由于结巴，"一百"二字说得不是很清楚，"呼吸空气。"

"五十七，"准将记了下来，说道，"谢谢！"

我正打算更正，可内心深处某种神秘的力量阻止了我的这种冲动。满脑子各种复杂的思绪搅和在一起，奇思怪想互相追逐、驱赶，但都指向某个特定的方向。我进入餐厅，点了一份特大号烤牛排。

"请告诉我房号。"一位礼仪部队的上校端上牛排后，问道。

"七十五号。"我想都没想，就说出一个数字。

"75，大号牛排，"他在笔记本上写了下来，"谢谢！"

这种状况只要一开始，便无法控制。随后的几天我享受了这一生中想都没敢想的事情，现在回想起来，真是天方夜谭！坐了两次游艇，七十五号。看了三次肚皮舞，七十五号。欣赏了一次侏儒表演，七十五号。我豁了出去，不再考虑钱的问题。多少年才能享受一次，我怎么能吝啬得舍不得花钱呢！如果事事考虑成本，那还不如窝在家里别出门的好。

前天，我退房离开了酒店。总共住了两个星期。魏因加特纳王子递给我账单，上面有经理大人的亲笔签字。我付了三百九十块钱，除了房费，还包括：香皂五块钱，咨询费三块一毛钱，傍晚呼吸空气四块九毛钱，等等。跟他们一一握手，还给两位主要人物塞了小费，准将一百块，大堂副经理五十块。两个人非常高兴，说还没见过如此出手大方的客人。

得补充一句。在以色列一般不需要塞小费，因为他们都认为，根据《联合国宪章》条例，收取小费是一件很不光彩的、有损人格的行为。但酒店服务员不会如此思想僵化的。

我拎着行李朝出租车走去，突然发现一位胖乎乎的秃头绅士在前台暴跳如雷。他把账单撕了个粉碎，满嘴胡言乱语，似乎是说两千六百块的房价太高。我还隐约听见他说他没吃过烤牛排，没进过肚皮舞那种低级场合，没……后面说什么，我没听见。这人真没有教养！多大的事情，非要发这么大的火！

任何一名公民逃离祖国，都会引起众人伤心，可足球明星仅仅因为别人愿意给他几千美元的报酬而不惜叛逃，那更是国家的灾难。体育局不惜重金，采取各种措施防范球星外逃。不惜重金，的确是，不过就是不愿把钱花在球星本人身上。

大逃亡

"波米要上场吗？"

没错，就在那个安息日下午，在这场生死攸关的全国联赛中，冠军闪电霍隆队遇上夏普尔卡法马卡比球队，冠军球队的粉丝们对此消息忧心忡忡。激烈程度可想而知。据内行人士透露，球队教练接到管理层密令，要求紧盯球员。的确，观众们在比赛前就看到教练，他在球员中间穿来跑去，清点人数，反复检查。

大家都明白个中缘由。球队雇用的探子在几名球员的口袋里发现了护照，其中就包括传奇球星波米，那是热情的粉丝们给波默朗茨的爱称。事实上，只有那些不了解波米真实为人的人才对此感到惊讶。俱乐部里能有的好处，他样样占尽。不仅给他安排了轻松的工作——在一个无子女的家庭里做兼职保姆，而且还给他更多的训练奖金和加班费。所有人都以为波默朗茨该心满意足了，但大概两周前，有人看见他从一家书店出来，手里拿着一本英语词典！

俱乐部立刻行动，他们雇了两个全职侦探，波米走到哪儿，他们就跟到哪儿。周三，波米与他的俱乐部发生正面冲突，他跑到管理员面前，要求把他也聘为侦探。

波米解释道："我跟踪我自己总比别人跟踪我方便多了，至少这样一来，我还能再混一份工资。"

"不行！"管理员说道，脖子上青筋暴起，"在俱乐部，我绝不允许职业化！这么多年来，英国、匈牙利和巴西足坛深陷羞辱困境，我们绝对不能重蹈覆辙。波默朗茨，你是个运动员啊！"

"好吧，从现在开始，我想当一名艺人。"

"休想，你绝不能在足球之外另谋生计。"

"那就叫它足底芭蕾吧！"

"做梦！"管理员提高了嗓音，"上面任命我负责这事儿。只要我还是这个俱乐部的领导，我就绝不容忍丑陋的职业化现象。"他接着说道，"因为，要是球员们实行丑陋的足球职业化，我将无法继续领导俱乐部。懂了吗？"

这话听起来合乎情理。波默朗茨一言不发便离开了，而且就在那天，正如侦探们在日常汇报中所说的那样，他给自己买了一副颜色很深的墨镜，很是招摇。随即又出现了更多令人心生疑窦的现象。突然间，这位球员的老婆变得镇定自若，欢欢喜喜，她把头发染成金色，又买了两个行李箱！

整个足球联盟顿时陷入恐慌之中。

"形势很严峻，"足联秘书长向在场的主管坦陈道，"像波默朗茨这样的球星每年能给我们联盟带来大约一百万的收入，但现在这个混蛋正密谋逃往国外，就因为他们每个月给他六百块的工资。我们该怎样阻止他离开？上帝啊，怎么办？我们该做些什么？"

这确实是一个棘手的问题。为这项重要运动，足联已经想尽一切办法进行维稳。在以一比十四输给卢森堡后，足联的建设发生了革命性的变化。夏普尔队在行政岗位上获得十二个席位。每一个额外代表就是一个球员，为此还花费五十万为办公大楼加盖了一层。两名后卫、一名中卫以及一名预备左翼球员离开了国家队，他们分别移民到了澳大利亚、南非和加纳。足联对此迅速做出反应。国家队教练，来自阿尔巴尼亚的霍贾·捷切克拉齐，工资提高到每周两千块，行政人员的工资更是翻了一倍。

即便这样也无济于事。

还能怎么办？怎样才能留住这些球员？

冠军闪电霍隆队不顾一切，拼死一搏，几近屈辱。球队经理把波默朗茨带到内格夫沙漠，在没有任何耳目的情况下，悄悄向他保证，他每进一个球就能得三块钱。

"一个月进一百个球，你就能净赚三百块，还免税。"

波默朗茨面无表情，经理又提议罚进一个点球，也给他一块五。但波米站在那儿，神色黯淡，不为所动。

"固定薪水四百块！"

紧接着，监视波默朗茨的侦探又增加了四个人。雇这么多人防止球员逃跑，这在经费上对足联来说可是沉重的负担，但为了维系体育生活的健康运转，这个值得嘉奖的机构宁肯付出一切。不得不承认，多亏了这些特殊的防范措施，波米才在具有决定性的这天出场，迎战夏普尔卡法马卡比球队。

侦探们的行动协调一致，天衣无缝。这天凌晨，两名进行跟踪的侦探通过无线电报告,波默朗茨夫人带着一个行李箱离开了家。二十分钟内,侦探在吕大机场发现,一名神秘乘客预定了一张飞往罗马的机票,他还带着一大堆足球。接下来发生的事情都上了《每日新闻》——那架飞机被扣,边境也被关闭。下午一点,波默朗茨离开家,上了一辆出租车,车上正等着他的却是两名身强体壮的男人。他们用橡皮警棍打晕了波默朗茨。

波米在体育场自家球队的更衣室内醒了过来。教练面对着他,手里握着一支上了膛的手枪。

"你胆敢耍一点花招,我就会像处决一条疯狗一样毙了你。马上上场。"

波默朗茨还做了一番抵抗,但也只是象征性的挣扎而已。"算了,爽快点,我答应你,你至少得给我七块钱的奖金。"

"滚!"

波米和其他队友快步走出更衣室。五万球迷都盯着他。他们可是付了十块钱的门票进来的,就是为了能看到他。至此,大家都知道,足联已下禁令,坚决禁止波米出国,因为他出国实际上无异于向国外挪动资金。

从体育比赛解说员的口中,以色列全国上下都清楚接下来发生的事情。

"……场上比赛第十九分钟,波默朗茨带球,他一个假动作晃过防守队员,顺着边线快速带球,漂亮的控球,成功甩开了两名后卫,右转身,带球过球门线,他跑上了看台,躲开了三个试图阻止他的观众,冲过教练,翻过围栏,跳出球场,就在比赛的第二十一分钟,波默朗茨逃跑了!"

观众们都站起身来，对他精彩的举动感到震惊，但很快发现波米在场外被截获。闪电霍隆队的管理人员在围栏下设了一张网，把他困在了网中。球再次落入足联手中。

"波米，别犯傻了。"足球俱乐部的主席气喘吁吁地把这位中锋拖回体育场。"每场比赛开始前，我们都会给你五块五，算作理发补助，外加一块奶酪三明治。"

球场上一片混乱。夏普尔卡法马卡比球队的守门员利用波默朗茨所造成的混乱，试图从警卫门逃走。在最后一刻，他被领回到场地，还戴着手铐。俱乐部主席想用一笔一次性的抚恤金来挽留他。裁判知道所发生的一切，由于守门员违反运动员职业道德，被判罚一个点球。

谁来罚点球呢？

波米！波米！

波默朗茨小心翼翼地做好准备，起跑，一脚重重地踢到了地上，可球甚至连球门都没碰到。

怎么回事儿？观众们都很纳闷。这人竟然不是波米！而是另一个人！

的确，就在那一刻，人们才注意到台下的那个球员身形矮小，体格消瘦，一头浓发，而波米是个秃头的壮汉。

这一切都发生在比赛的第三十八分钟。

就在十分钟前，真正的波默朗茨乘着一艘小汽艇离开了以色列，往塞浦路斯方向驶去。这次行动计划重点还在于对斗争中细节的把控。波米确实爬上了围栏，但另一个人伪装成他从上面跳了下来。他赢得的时间足以让他抵达海边。那张飞机票只是个诱饵。箱子里装满了石头。他根本就还没有结婚。如今,波米是津巴布韦空中霸主队的球星,每月净收入五千美元,而且还有许多栗色秀发的女佣伺候着。更气人的是,他成了畅销书《我是波默朗茨的替身》的合著者。

从摩西带着被奴役的大家逃离埃及的那天开始,犹太人便被视作为不懈奋斗的自由标兵。不仅如此,犹太人还首先倡导并履行了解放奴隶。在各种革命中,犹太人都会扛起人人平等的大旗。现在,在我们这个崭新的祖国,我们首次让洗衣机摆脱了人类的约束,获得了自由。

生来自由

不久前的一天傍晚,我家的小女人说得买一台新的洗衣机了。现在那台年事已高,饱经风霜,干活有些力不从心。她的意思我明白,冬天到了,讨厌的雨下个不停,衣服挂在外面几天也干不了,所以得买一台有甩干功能的机器。鉴于天气的关系,买一台年富力强的洗衣机势在必行。

"那好吧,"我对老婆开了绿灯,"去买一台吧,尽量买一台国产的。"

这小女人花钱购物自然是内行。第二天,一台英姿勃发、英俊潇洒的洗衣机就来到了我家,在厨房露台上开始嗡嗡地上班了。第一次洗衣,便让人觉得与众不同,我们俩立刻就爱上了他。广告上也是这样说的,你会一见钟情。还真不是虚言。一切工序都不用人力,他长着人的脑子,从注水、浸泡、漂洗到甩干都做得井井有条。

故事就是从这儿开始的。

星期二中午时分，小女人突然冲进我的书房，一脸惊恐，大声说："以法莲，洗衣机会走路！"

我两步并作一步跟着她冲进厨房露台，发现机器处在"离心烘燥"模式。他一跳一跳，朝着厨柜方向冲了进来，到了门槛处，我摁了一下停止键，站在他面前研究他哪根神经出了毛病。我们发现只有在"离心烘燥"模式下他才不愿站着不动，滚筒以令人眼花缭乱的速度旋转时，还会发出砰砰的响声，伴随着他神经质的跳跃动作。显然，这是内心不可遏制的骚动不安引起的外在反应。

一开始我们并没有太在意。毕竟，我家从来都是一块自由领土，他要在厨房露台上走动走动、跳跃跳跃，也不是不可以的。

有天晚上，外面下着暴雨，我和小女人突然被厨房露台上的金属碰撞声给惊醒。出去一看，儿子埃米尔的三轮车已经被撞成了残废，躺在地上哼哼唧唧地呻吟着，"离心烘燥"模式下的洗衣机压在他的身上。埃米尔的喊叫声撕心裂肺，两只小拳头不停地捶打着这台任性的机器。"呸！呸！你这坏蛋！呸！"

"不能再冒险了，"小女人说，"我得把约纳森绑起来。"

她找到一根绳子，把约纳森捆绑在热水龙头上。我虽然心中不快，觉得对不住约纳森，但也没有干预我女人的行为。毕竟，洗衣机是她的财产，她有权自行处理，想把他捆绑在哪儿也是她的权利。可是，第二天一大早，我们发现约纳森站在了露台的另一侧。他早已扯断了绳子。小女人咬着牙关，又找来一根更粗的绳子，把他捆到了液化气罐上。

随后，那震耳欲聋的咆哮我一辈子都忘不了。

"以法莲，以法莲，"小女人吓得大气不敢出一口，只悄悄地对我说，"液化气罐被他拉跑了。"

液化气罐的铜制脖颈被拉得歪歪扭扭，气漏了出来，满屋子散发着丙烷的味道。我们俩意识到，捆绑显然不是明智之举，他憎恶束缚！这次事件过后，我赋予了他充分的自由，关上厨房通往露台的小门，任凭他在那块小小的空间里肆意撒欢。这台洗衣机毕竟是以色列造的，跟所有犹太人一样，他天生就热爱自由，无法忍受任何形式的约束。我们习惯了，也接受了这种状态。只是有一天晚饭时分，他突然冲进餐厅，让我的几位客人受惊不小。

"出去，"我妻子厉声吼道，"滚出去！滚回你自己的窝里去！"

小女人还真以为洗衣机能听懂她说话呢！我摁了一下那个红色的键，他便立刻死翘翘了。客人走后，我重启约纳森，让他接着干刚才没有干完的活儿。可他似乎不理解我的意思，或者他想提醒我，走路只是他"离心烘燥"时的动作。无奈之下，我们不得不让他从头开始，几个钟头白白浪费了。

这段时期，埃米尔却跟他相处得极好。他蹬着三轮车，跟在约纳森身后，兴高采烈地喊个不停："快走！快走！"

还真不错。约纳森活儿干得的确出色，衣服洗得很干净，还知道节约洗衣粉。除了蹦蹦跳跳的毛病，我们还真找不出其他的茬儿。可是有一天，他把我吓坏了。我下班回来，停好车，还没走出车库，就发现他迈着大步朝我奔来。我要再晚几步，他就会穿过车库的大门跑到街道上了。

"你说，"小女人两眼迷离，突发奇想，"我们是不是可以派他去超市替咱们购物？"

出于无奈，我只好去找专家。我来到洗衣机厂的销售代理那里，把事情的前前后后一五一十讲了一遍。专家竟然一点没有吃惊的样子。

"是的是的，"他点着头说，"滚筒旋转时，他们就会跑起来，这是正常反应。我觉得您没有在滚筒里放进足够重量的衣物。重量不够，就会产生不平衡的离心力，从而导致机器向前移动。约纳森的容量为四公斤。您只要放入四公斤衣物，他想走也走不了了。我向您保证。"

我满心欢喜地告别了专家。小女人正在后院拔草，我说，滚筒内衣物重量不够，就会产生不平衡的离心力，从而导致机器向前移动。

小女人突然脸色惨白，大叫一声："天哪！我只放了两公斤。"

我们几步冲向厨房露台，眼前所见让我一阵目眩。约纳森失踪了！我一边大喊，一边冲到街上。

"约纳森！约纳森！"

走过几家，我逢人便问，你们是不是看见过一台说希伯来语的洗衣机朝市中心方向去了。邻居们摇摇头，其中一位问什么颜色的，另一位说他记得隐约看见有什么东西在邮局门口徘徊。我追了过去，才发现那只是不知什么人丢弃的冰箱。

找了一天也没个结果，我垂头丧气地走回家。或许他遇上车祸了？这年月开大车的个个都像疯子。我两眼含着泪水。可怜的约纳森！我们这个技术时代诞生的唯一一个热爱自由的孩子！现在像流浪儿一样，混迹于车辆纷繁、危机四伏的大街上！万一"离心烘燥"模式半路中止,而他还在道路的中间,在艾伦比街的中间……天哪!不敢想象!

"在这儿呢!"小女人突然朝我大喊一声,"他在这儿呢。"

原来是这么回事:小女人在后面拔草的时候,约纳森这白痴竟然径直穿过客厅,朝地下室方向走去。刚走到台阶处,就拔断了电源线,要不然他就会一头栽下去。

"好了,"小女人说,"把你的内衣内裤全脱下来。"

她把家里能找到的脏衣服全部塞进约纳森的肚子里,整整四公斤半。他终于动弹不了了。喘着粗气,肚子里轰轰隆隆,可一步也走不了。

"可怜的家伙!"他被如此虐待,我实在看不下去,"不能这样对待他!这是小人之举!"

昨天,我心生怜悯,痛苦异常。快到"离心烘燥"模式时,我摁了暂停键,把一半的衣物取了出来。约纳森又高高兴兴地动了起来。看见街对面有一台来自意大利的小巧玲珑型洗衣机,他欢欢喜喜地冲了过去,一边跑,一边唱着歌,就跟昔日一样。

我拍了拍他的身体。"去吧,约纳森,去吧。"

他生来自由。

智能洗衣机，无论如何怪异，我们都能制服他，毕竟他的语言有限。但说起带有犹太血统的电子计算机，你就不敢保证了。据我所知，以色列财政部安装的那台庞然大物是世界上唯一一台能向人类发号施令的电子计算机。他还会为自己找借口："先生们，昨天下午我脑子有病。说毕。"

耶路撒冷魔怪

几天前的一个傍晚，我收到以色列财政部发来的一封信。典型的政府公文用笺，字体歪歪扭扭。信上说："最后警告：一九六一年七月对基雄河港口实施维修所构成的费用两万零一十二元一角一分，至今不曾收到。我们目前就此向您发过催单，可您未予理睬。我们再次提请您在七日内还清债务，如果逾期不付，将依据相关法律没收您的动产和不动产。"财政厅就用这种带有威胁性的语言对公民说话，但最后一句口气稍有缓和："如果您已经还清债务，您便不必理会这份通知。"签名是"厅长，施·塞利格森"。

收到这样的信，谁都会满心恐惧。

一方面，我仔细检查了我所有的账单记录，不曾发现有人对我，即基雄，实施过任何形式的维修。另一方面，我也不曾与政府任何部门构成债务关系。我考虑应该尽快澄清事实，第二天便来到财政厅，找到了这位塞利格森先生。

"您看，"我拿出身份证，递了过去，"我是一位作家，不是一条河。"

厅长仔细打量了我一番，说："那您为什么叫基雄？"

"我姓基雄，"我说，"我名叫以法莲。那条河不叫以法莲，对吧？"

厅长没再说话。他道了一声对不起，走进隔壁办公室，找下属询问到底是怎么回事。他们聚在一起，交头接耳，似乎不想让我听到他们的谈话内容。中间还有一次示意我举起双手，转过身去。最后，他们一致同意我的抗议是有效的，但也只是安抚我眼下不要担心。塞利格森厅长回来后，拿起那封警告书，用红笔在底下写了一句话："他是人，不是河，没有港口。"签字。他又在整张纸上画了一个大大的圆圈，斜着画了一道线，就像禁止停车的路牌。我放心回到了家里。

"是个误会，"我对我家的小女人说，"只要头脑清醒，任何误会都可以消除的。"

"你明白了吧？"女人说，"不要遇到事情就立刻担惊受怕。"

可星期三中午我又收到一封信，《没收可动产的通知》："鉴于您未能按时依据某月某日的通知偿还基雄河港口维修所花费的两万零一十二元一角一分债务，我不得不依照相关没收可动产及不动产的法律，对您所持有的可动产部分予以没收充公。如果您已经还清债务，您便不必理会这份通知。"字体歪歪扭扭，后面有施·塞利格森的签字。

我立刻动身，来到财政厅。

"对了，对了，"赛利格森先生安慰我道，"这两份通知都不是我写的。是从耶路撒冷财政部电子计算机中心机房发出来的,计算机常干这事儿,我们也很纳闷。您别担心。"

听说耶路撒冷的政府机构大约半年前都安装了电子计算机自动化系统,毕竟已经二十世纪后半期了,办公自动化得与国际接轨,与时俱进是世界潮流。打这以后,近一万机关职员的办公室工作都被计算机接管,的确省了不少人力。唯一的问题在于,政府计算机专家的专业技术尚未臻于完善,输入的数据常常让计算机消化不良,从而导致形形色色的错误输出。我收到的那两封关于港口维修费用的信就是财政部计算机错误输出所造成的后果。塞利格森先生向我保证此事不再发生,为了保险起见,他还向耶路撒冷方面发了一封措辞严谨的传真。我离开前,他再三向我保证:此事包在他身上,在财政部没有正式通知之前,我的债务问题暂且搁置。他把对我的承诺也一并传真给了财政部。我千恩万谢,放心回到了家里。

星期日上午,三位壮汉来到我家,出示了一份有塞利格森签字的命令,抬走了冰箱。他们将冰箱一步一步挪到门口,再推到街道上。我像一只受惊的公鸡,一蹦一跳地给他们让路。

"我还是那条河吗?"我像公鸡一样叫道,"你看我哪儿像条河?河会说话吗?河会这样一蹦一跳吗?"

三位壮汉只是搬运工,受命来工作的。我立刻来到塞利格森的办公室,我无法掩饰我的愤怒,我也没必要掩饰我的愤怒。就在今天一大早,耶路撒冷财政部给他发了一封口气强硬的信,内容大概是这样的:"基雄河港口维修花费两万零一十二元一角一分,费用必须由塞利格森先生承担。"

塞利格森先生灰心丧气地说:"看来,耶路撒冷的电子计算机把我说的'此事包在我身上'那句话理解成我主动提出偿付这笔债务了。这年头，说话可得讲究措辞！先生，我得给您说，您把我搞惨了。"

我说，他不应该去理会耶路撒冷的荒唐信函。他听了竟然一顿歇斯底里的大发作。

"您一旦被电子计算机控制，就会束手无策，"他抓着头发，一副气急败坏的样子，"两个月前，公安厅厅长收到耶路撒冷电子计算机发来的命令，要求他即刻将副厅长处以死刑。公安部长亲自出马，那小子才在最后一刻捡回一条命。当时，绞索已经拴到他的脖子上了。"

我提议，我们打车去耶路撒冷，跟那台机器进行一次面对面的磋商。"先生，"我打算对电子计算机这样说，"您能否仔细核对一下您的数据？"

"你绝对不可能有机会跟他说话的，"塞利格森说，"整个中东地区就属他工作最忙。他负责国家的所有事务，还要预报天气，更重要的是，他还要为所有的领导人解梦。"

我问我的冰箱怎么办。他拨通财政厅债务管理局货仓的电话，吩咐他们在未接到进一步通知之前不要拍卖那台冰箱。可就在当天晚上，我的冰箱以十九块钱的价格被拍卖。第二天上午我收到国家债务局的通知："您所欠债款已减至一万九千九百九十三元一角一分。请于七日内还清。如果……"

我来到塞利格森办公室，等了一个钟头他才进来。他忙了一个上午，跑了几趟公证处，把他家冰箱的所有权转到他妻子名下。他发誓说，如果有一天他能挣脱耶路撒冷电子计算机的控制，他将立刻辞职，不去参与别人的任何债务纠纷。我问他我下一步会遇到什么可怕的事情。

"我哪知道？"塞利格森还没有缓过气来，气呼呼地说，"有时候电子计算机也会把某个人忘得一干二净。但愿……"

我说我不能指望奇迹发生，必须采取有效措施把这事儿彻底给解决了。塞利格森说："您说得很对，您有权利提出这样的要求。"争论了整整一个下午，最后达成协议，大概内容是，基雄承诺支付维修他所花费的费用，分十二个月付清。我签了字，厅长将协议原件快速寄往耶路撒冷电子计算机中心。我希望他们不要再对我的动产和不动产打任何主意。

"我已经尽力了，基雄先生。我能做的就这么多，"塞利格森三番五次地向我道歉，"我有绝对的把握，两三年之后，耶路撒冷就会有精通电子计算机的专家来校正数据的输入和输出。可目前，我只能对您说对不起了。"

"您别太在意，"我安慰他道，"凡事很难一蹴而就。"

昨天我收到了财政部的一张支票，一千六百六十六元零五分。一起寄给我的还有塞利格森签字的一封信，字体歪歪扭扭，大意是，一九六九年三月一日财政部欠您维修费一万九千九百九十三元一角一分，分十二个月还清。现已偿还一千六百六十六元零五分。我对小女人说，有了这份收入，今年不用为生计发愁了。可她说，为什么不给利息，银行都会有百分之六的利息的。

"亲爱的老婆，"我说，"我已疲惫不堪。我一步路都不想再走了。"

未来属于自动化。您读这篇故事时，不必理会它的真实性。

我们很难了解大国政治的精髓，但以色列人民那点儿花花肠子我们还是比较清楚的。下面这段法庭证词充分体现了以色列人的超现实主义思维模式。

先锋派数学

场景：虚构法庭

人物：公诉人（简称公），阿道尔夫（简称阿），法官（简称官）

公：二乘以二是多少？您有什么想法？

阿：先生，我不是数学家。

公：那好。换种问法，在您看来，二乘以二应该是多少？

阿：我这一生当中从来没有做过这类计算。如果遇到这种问题，我会求助于相关部门。任何情况下，都是舒尔茨做最终决定。

公：这么说来，您不知道二乘以二是多少？

阿：我没有权力得出这种结论，先生。

公：如果我告诉您，您肯定知道二乘以二是多少，您有什么意见？

阿：只有舒尔茨负责与数字有关的事情。

公：您的意思是说，任何时候，您若想知道二乘以二得多少，您都会去找舒尔茨?

阿：不是每次都去找他。有时候打个电话就可以解决这类问题。请容许我说明，一九四三年冬季，舒尔茨被送往萨尔茨卡默古特，我就是在那里认识了他，还有洛普基。

公：洛普基也知道二乘以二得多少吗?

阿：我不知道。我从来没问过他这个问题。我已经说过了，我的上级是舒尔茨。

公：舒尔茨知道不知道二乘以二等于几?

阿：我不知道，我不是他肚子里的蛔虫。

公：是不是可以假设他知道?

阿：我从来没有尝试去评判我的上级。

公：那您如何得知舒尔茨关于二乘以二得多少的计算是准确无误的?

阿：我不知道。如果我没有丧失记忆的话，我对此甚至表示怀疑。我不是数学家。

公：您不是数学家? 那您能否告诉我们，第六〇一三号档案为何会有您自己的笔迹，"二乘以二得四"?

阿：绝不可能。

公：您看!（递过档案）这是不是您写的?

阿：（查看了面前的档案）是。

公：是不是您自己的笔迹?

阿：不是。

公：不是? 您说"不是"是什么意思?

阿：看这上面的日期。那一天我不在柏林。

公：这档案是在慕尼黑草拟的。

阿：我也不在慕尼黑。那天我在达韶上班。

公：上什么班？

阿：对了，我想起来了，我那天在林茨。

公：那这份档案上怎么会有您的签名？

阿：那是后来加上去的。但是我得说，这档案上的数字很不清晰。4看上去不像4，很像7。

公：这么说来，您认为二乘以二得七？

阿：我没这么说。我不是数学家。我刚才的话只是说那个数字4的模样，我看到它，想到了7。我是说第六〇一三号档案上那个数字。

公：您还不能肯定吗？

阿：我的确在达韶。

官：被告，我们要求你回答问题，二乘以二得几？

阿：四。

公：这么说，不是七？

阿：我没有说七。我只是说某些档案上的4的模样让我想到了7。

公：我们不是在讨论某些档案，我们关心的只是第六〇一三号档案。

阿：我不应该对这一档案负责。签署日期那天我在林茨。

公：您确信是林茨？

阿：就我对这些事件的记忆而言，是林茨。

公：我现在告诉您，计算二乘以二得几，对您来说并不构成一个问题。

阿：我能否再说一遍，我不是数学家。

公：请你竖起两根手指头。

阿：（竖起两根手指头）我在万能的上帝面前发……

公：我不是要您发誓。我只是要求您竖起两根手指头来。

阿：我有话要说。

公：请说。

阿：洛普基于一九四三年秋天被送往保护区，所以舒尔茨不可能于那年冬天在萨尔茨卡默古特见到他。

公：我不明白这与本案有什么关系。

阿：我已发誓只说实话，先生。洛普基与舒尔茨的问题没有任何关系。

公：好吧，没关系。问题是，洛普基竖起了几根指头？

阿：就我所知，洛普基从来没有竖起任何一根指头。

公：我是说您。您现在竖起了几根指头？

阿：我觉得是两根。但是如果不准确，不能由我负责。我从来没有学过数学。

公：没关系。现在请您竖起另一只手的两根指头。

阿：（竖起另一只手的两根指头）

公：现在，您数一数。您能看见几根指头？

阿：十根。

公：我是说竖起来的指头。

阿：可没有竖起来的我也能看见啊。

公：我们关心的只是您竖起来的指头。

阿：没有竖起来的也是我的指头。事实上，没有竖起来的占了我所有指头的百分之六十，也就是说，跟竖起来的相比，多出百分之五十。如果我没有算错的话。

公：我只想知道一件事，您每只手竖起两根指头，两只手共竖起了几根指头？

阿：现在数？

公：对，就现在数。

阿：（尝试一番，未能成功）数不清。

公：怎么会数不清？

阿：因为我习惯用一根手指头指着要数的东西。可现在，我要用来数数的指头与被数的指头混在一起，我很困惑，这极有可能造成重复数数。我发过誓，说话一定要准确无误。我有话要说。

公：请说。

阿：我不想给人造成某种印象，让大家都认为我拒绝承认从我的两只手所显示的情况来看二乘以二等于某个近似于四的数字，但我还是想强调一点，我一生从未从事过任何与此有关的研究工作，因为你们一旦认为我有过这种经历，就会对我已经定形的认知能力产生过高的估计。我要求本法庭接受我对舒尔茨的证词，因为在那一段时间，他担任伍珀塔尔市的市长。

公：从您上述陈词中我理解，就二乘以二得几这个问题，您跟舒尔茨意见一致。

阿：我前面已经说过，我是发过誓以后才做证词，所以就这一问题我不能确保准确。但是，我宁愿承担一切后果，而不愿被人看作有意逃避责任。

公：那好。这么说，二乘以二就是四了？

阿：如果我没记错的话，这个问题我已经做过陈述。

公：我想听您再说一遍。

阿：如果我没记错的话，这个问题我已经做过陈述。

公：我想听您再陈述一遍。

阿：那就让您遂愿吧。就我所知，上述数学计算的结果大体就是您几分钟前所说的那个数字，先生。

公：（靠着墙）那就是四？

阿：凭我的判断，应该是。

公：（靠着墙）四！

阿：大体上说，很明显。

公：（靠着墙）二乘以二得四。是，还是否？

阿：前者。

公：谢谢。我就想知道这些。

避税总动员

大凡人间正经之事，莫不以牙痛开始。我的牙医在我的一颗老牙当中发现一个洞，可治疗中途突然放下手中的电钻，脱掉了白大褂。

"对不起您了，"他说，"我觉得不划算。"

我平躺在牙医诊所特制的椅子上，嘴里塞着一件我叫不上名字的仪器，大张着嘴巴，只能用痛苦的呻吟来表示抗议。

"今年我的月净收入已经超过了一千块，"他一边说，一边将仪器收进柜子，"再多挣一块钱，我就得缴纳超过百分之八十的税。不划算。"

我用手比画着，即使这样，你也得给我把牙补好。

"先生，其实您也不划算呀，"牙医使劲儿哄着我，"你要支付我六百块的治疗费，就得净赚三千块。扣完税，我只能得到一百二十块。我本打算用这一百二十块去支付我妻子驾考教练的费用。换句话说，您挣三千块，其实就等于支付给我妻子驾考教练的二十四快。"

"话是这么说，"我说，"可那也是净赚呀。"

"的确是，"牙医对我的说法表示赞同，"可遗憾的是，我妻子的驾考教练昨天把收费标准翻了一番，每节课要四十八块钱。这样一来，为了支付他这额外的二十四块，我的治疗费也得翻一番吧，那就意味着您得挣六千块，而不是三千块了。好了，还是算了吧。"

我一口吐出嘴里的仪器，站了起来，在他耳边低声说了全国到处都在重复的那句名言："听着，我不会向您索要发票的。"

"您是不会要发票，您好精啊，"牙医说，"可我不想惹麻烦。我挣多少就上报多少，绝不隐瞒。这关系到我的名誉。"

"那，我牙上这个洞您就不管了？"

"不能不管。您只需向我妻子的驾考教练直接支付四十八块钱，咱俩就扯平了。"

"您等等，"我自言自语道，"是您妻子在学习驾驶，给教练付费的却是我，万一税务局查账时发现了，我该如何解释？"

"就说她是您的情人。"

"我能看看她的照片吗？"

"别当真，只是为了避税。"

我问他能否继续为我补牙，他让我周末再来。接下来我就得为驾考教练的事发愁了，事情太复杂，似乎教练自己也为如何避税而犯愁呢。

"对不起，"教练对我说，"在八月底之前，我一分钱都不愿接收，您知道，我多拿一分钱，我的税率就会上浮一个台阶。钱的事情，咱免谈。"

"那么，您去超市买菜，我替您支付可以吗？"

"已经有人要为我支付菜钱了。有位家具店老板跟着我学车，他替我付这些钱。我把一切都安排好了，"教练接着说，"有位粉刷房子的，跟着我学习驾驶摩托车，他答应替我妹妹家刷墙，就算付我的学费。有两个时装设计师也在跟我学车，他们为我支付我修车的费用。您会唱歌吗?"

"不会。"

"真遗憾。我想练练嗓子呢。您集邮吗?"

"只集钥匙链儿。"

"没用。啊对了，我想起来了。我雇了一个保姆。您牙医妻子的练车费就直接用来支付我家保姆替我看孩子的费用，如何?"

我跟他家保姆还真能说到一块儿。尽管一开始她害怕跟我商量这件事，说她不愿意从陌生人手里拿钱，可我向她保证，我说我可以让我的水暖工、开锁匠、裁缝、理发师、园丁、电工、美容师、保健医生、律师和值夜班的保安一起来为我作证，我不管付什么费，都用现金，而且不索要发票，一切都会做得不留任何蛛丝马迹，保证双方都很满意。

"不行，我不想叫人抓住把柄，"保姆还是不同意，"您牙疼得厉害吗?"

"越来越厉害了。"

"那您替我买一副隐形眼镜吧。"

"非常愿意，"我喜出望外，"可是，万一税务局在眼镜店查账时发现不是为我自己买的，我咋解释呢?"

"就说我是您的情妇。"

"对不起，这位子已经有人占了，"我只能对保姆说实话，"牙医的妻子已经预定好做我的情人了。您需要雨衣吗?"

"有了。我楼上那对年轻夫妇要我为他们看孩子，已经给我买了雨衣，"保姆说，"那只好这样了。我打算去太巴列度周末，一半的食宿您替我付了吧。"

这办法可行。过了几天我发现其实买隐形眼镜也完全可以，因为特拉维夫好几家眼镜店最近也开始经营办公用品了。纳税人到那里买眼镜，发票上开的是办公用品，办公用品上的税很低。街面上还出现了几家新的商店，经营工艺品、瓷娃娃等，也有打字机。特拉维夫北区有家按摩店，发票上开的是打字费、复印费。我们地中海地区的人民适应生活百相，速度不是一般的快。我为保姆去太巴列酒店付费，也没遇上太大的麻烦。

"本店的确有为一位驾考教练的保姆预定的房间，"酒店老板说，"只是，这事儿不能在电话里说。"

我开车来到太巴列，把酒店老板约到一片开阔地上，私下跟他商量了一番。

"那行吧。让我看看，"酒店老板翻开一本很私密的笔记本，"一楼的套间被我儿子的音乐老师占了，隔壁是洗衣店的老板，总统套房里住的是我的所得税顾问律师。这儿一切都是用服务和商品来支付的。用钱不划算，您知道，百分之八十……"

"这我知道，知道，"我回应道，"我怎么给您付款呢？替您洗盘子如何？"

"没有空位了，"酒店老板说，"倒是有个办法。我要去补牙，您替我支付牙医诊所的费用吧。"

转了一圈又回来了。酒店老板的牙医还是不愿收钱，他说因为他的月净收入已经到了上线，再多收一分钱，税率就会上调。后来他说他岳母想去乌拉圭，能否替她支付机票钱，或者买三千颗鸡蛋，外加十公斤食盐。我有些支持不住了，索性就忍着牙痛，天天翻看报纸上的广告，寻找一个手艺差一些的牙医。这样的牙医月净收入一定不会很高，收我的钱也就不至于提高他的缴税率了。

　　总之，政府的财政政策还是值得夸奖的。它不仅有助于防止银行资金流动，更重要的是，它完全消灭了人类历史上最邪恶的一大公害，金钱。这可是史无前例的伟大创举。我们可以回到原始时期的物物交换状态，这应该是人类历史的一大进步。过不了多久，我们的政府便可以为我们创造一片郁郁葱葱的原始森林，到那时，我们就会在地上爬着过一种自由自在的生活了。

政府最新统计显示，除了蝗虫，对国家经济影响最大的是新年贺卡。劳动部数据确凿，说每年有三千万个工作日浪费在书写贺卡、分拣贺卡、投递贺卡上。到了年关，无数邮递员像成群的苍蝇一样全国乱飞，就为了你那张毫无意义的卡片。

贺卡灾

闷热的早晨，邮递员拉着半吨重的贺卡，忙碌在这大都市灰尘飞扬的大街小巷。

"同胞们，"邮政部的官员大声疾呼，"请大家不要再无休止地邮寄贺卡了！"

统计局今年的数据显示，人们收到新年贺卡后，百分之六十的人看都不看一眼，顺手就丢到了垃圾箱。百分之三十的人只看一眼，绝不看第二眼。剩下的百分之十，目前尚不明确。记者采访一位橡胶经销公司的老板，问他为什么会在几天内发出四千零九张新年贺卡。他吃惊地回答："我吗？这么多？一点印象都没有，我不记得了。"

看样子，寄贺卡纯粹出于习惯，是手臂肌肉一种自发的反射运动，与大脑无关。特拉维夫中央邮电局有专家计算，如果把今年的"幸福美满，硕果累累"一封接一封摆在地上，足以延伸到加法，绕城转两圈，再坐着救护车返回特拉维夫……

有鉴于此，当局决定采取措施消除这一灾祸。

"以色列人都是兄弟姐妹。没有必要每年年底写字重申一次，"邮政部部长在一档电视节目上郑重宣布，"政府决定采取必要手段，取缔这种纸牌游戏……"

邮政部在其官方《新闻周刊》上刊登了一项决议，规定每人至多只能邮寄五张卡片，违者拘留十五天，罚款一千元。遗憾的是，公众对此嗤之以鼻。今年除夕，光北区就有四十位邮递员在工作中晕倒，其中六位累出疝气，不得不住院治疗。还有一位累成精神分裂，每天游荡在大街上，嘴里默默念叨着"硕果累累，硕果累累"。官方在暗访后发现，以色列人投机取巧，蒙骗政府。比如将贺年卡装进信封，以普通邮件形式寄出。他们宁肯多付邮资，也不愿终止其"幸福美满，硕果累累"的祝福。而且，利用信封作掩护，里面还写了不少原来不曾出现在贺卡上的字眼，如祝你来年"创意多多""招财进宝""团结友爱""生活安定""白头偕老"，等等，有关无关，都被糊进了信封。

"简直是谋杀！"全国邮政邮递工会主席怒不可遏，"逼迫我们长途跋涉、马不停蹄，我们提出严正抗议！"

几位以色列公民向联合国秘书长写信，控诉以色列政府严重侵害公民的自由权利。当局变本加厉，推出新的规定，新年期间，禁止任何形式的祝福，不管是裸体卡片还是裹着信封，不管"幸福"与否，一概停止投递。违者监禁两年。还专设特工人员，采用某种特殊仪器，对可疑信件进行开封监测。铁腕政策实行以后，光特拉维夫一个城市就有数人被抓，其中有跑保险的掮客。此人头脑精明，善于钻法律的空子，他在卡片写着"杏扶每蛮、朔锅磊磊"。聪明反被聪明误，他还是被判了两年。

他的律师在法庭上竭力为他辩护，说他邮寄的是一份政治宣传，并非新年祝福，但法庭认定，每年十一、十二两个月内，任何与"幸福""新年""硕果"等词发音相同或相似的都属于违禁之列。以色列人的聪明才智有几千年的传统，糊弄政府往往不在话下。海法市一位建筑商用德语书写了五百二十张贺卡，都安全发了出去。

对违法邮寄新年贺卡的处罚被提高到十五年监禁，可依然不起作用。新年前一周，特工发现一个名叫"杏脯农业机械有限责任公司"的地方同时寄出了很多封信。信封背后一句话引起了特工的猜疑："请勿将此信置于冰箱内！"特工架起火炉，将信封在离火两英寸①的位置加热，结果让他们大吃一惊。信封加热后，硕大无比的一行字浮现了出来："祝工人阶级团结一致，奔向幸福美满、硕果累累的新年！米莲·荷兹利亚、艾尔汉那·荷兹利亚夫妇恭祝。"

荷兹利亚夫妇被判八年。政府将他们发出的所有信件封存起来，派民兵监管，整整一个月时间。现在，全国所有邮局实行实名制，每一位邮寄信函、包裹的均需出示身份证件，并宣誓所寄物品不含任何与祝福有关的字眼。拒绝合作者将被起诉。当局与公民之间的冲突已迫在眉睫……

"邮寄'幸-果'的信件还在以百分之九的速度上升，"邮政部部长在其辞职书中写道，"这会消耗我国国民生产总值的三分之一……"内战即将爆发。海法市郊，一群暴徒强迫邮递员分发一千

---

① 1英寸约为2.54厘米。

份印有"幸福美满、硕果累累"的新年挂历。特拉维夫郊区，人们听到哒哒哒哒的声音响了一夜，大家都明白那是盖邮戳的声音，看来，新年贺卡以不可抵挡之势在连夜进行。政府已派出装甲车在外省集结待命。一批黄历专家也被招到国宾馆，就改革日历问题进行了几轮磋商，政府命令他们把每年都定为闰年，以减少节日次数。有人提议十一月三十日之后马上进入二月，从而避开新年。事已至此，政府也是迫不得已。

祝各位读者幸……哎呀，咋忘了！

我们永远不能忘记自己是一个"载入史册"的民族，而且，至少根据希伯来版本的历史，还是一个举足轻重的民族。所以，大人们要求孩子从小熟读史书，这史书也就是《圣经》，严格说来，是《圣经》中属于《旧约》的那部分。孩子们手捧书本，每个字、每句话、每个标点，都得背得烂熟于心。每年独立日期间，耶路撒冷还要举办《圣经》知识竞赛，看谁能把《耶利米书》一字不漏地背下来。先知耶利米自己也不一定能够不被半路淘汰。

知识竞赛

犹太人散居地球各个角落，得互通信息，联络感情，维持民族团结，所以邮政事业自古就举足轻重。当邮政部与教育部和文化部两家联合举办全国电话知识大赛的倡议一发出，举国振奋，人们踊跃参加，自然不足为奇了。

先是各省各区举办预选赛，获头奖者再聚集到耶路撒冷国家会议礼堂参加决赛。参加者情绪激动，随着观众鱼贯而入，大喇叭一一介绍他们的事迹。全国各地，没有资格进入会堂的则聚在各自的家里，围着一台收音机，手里抱着大部头的电话黄页。四位冠军候选人得意扬扬地坐在主席台上，会堂里上千双充满敬佩的眼睛齐刷刷地盯着他们。大家都明白，初选者多达千人，这四位从中脱颖而出，那得需要多渊博的知识、多聪慧的大脑、多严谨的逻辑、多顽强的毅力！四位人物的大名也已家喻户晓：电子计算机工程师格里克，电话接线员托瓦赫，某大学计算机系教授巴伦博伊姆博士，诗人托拉特-夏尼（这位诗人祖上好几代都是象棋高手）。我自己能挤在入口处的人流里目睹四位明星的尊容，深感荣幸。整个会场气氛紧张热烈，连那些见过大世面的外交使节也难以掩藏内心的激动和喜悦。邮政部部长致开幕词，说话之乎者也，似乎一下子也渊博了起来："两千多年寒暑交替，春去秋来，犹太人挣脱枷锁，获得自由。今日，我们首次聚集在此，目睹这一盛况……"部长大人引经据典，滔滔不绝，从我们历史上最早的信使即诺亚的鸽子说起，说到亚伯拉罕的天使、巴比伦的先知书信，又说到波斯帝国统治下的犹太人。当他说到哈蒙迫害犹太人那一段历史的时候，大家又是激动，又感觉大开眼界。他说，如果哈蒙当年使用电话，而不是派出信使，那犹太人的历史就得重写了。部长致完开幕词后，上届冠军，一位戴着眼镜的小伙子走了上来，台下钦羡的目光像正午的阳光，快要把他融化成一摊沸水……

"真是神童！"我旁边有人说，"我听说他能把所有大小药店的电话号码都背出来。"

"全世界的？"

"哪儿的话！"

从这人的口气听，他对我不可救药的无知深感遗憾。他说，这种知识竞赛只限于本地，也就是说，我们只需关注以色列共和国国土上的电话黄页。的确，去年有外籍选手参加，考虑到盛会的国际性，评委提出过一些超出以色列国土范围的问题，如电话发明人的姓名,接话总机的工作原理,跨大西洋电话电缆的铺设走向,等等。今晚的选手都是本国人,所以我们只需关注最本质的问题,即电话号码本身……

所有问题都是我国本专业著名学者经过多半年的苦思冥想才想出来的,每个问题都闪耀着智慧的火花。评委会主任是某著名大学校长,他负责提问。第一个问题一经宣布,全场鸦雀无声。"海法市电话号码本第478页第一列第一行第一个电话号码是……"

工程师格里克立刻抢答:"台海街12号莫士·魏因斯托克,40572!"说完,翘起嘴唇,很得意地微微一笑。

观众屏住呼吸,翻开手中的黄页簿。整个会堂听不见呼吸,只有翻书的哗啦哗啦声。回答正确!即刻掌声雷动。人们很快发现,这类问题只是热身,所以四位"活电话本"不费吹灰之力,观众热情还没有到达高潮,真正精彩的还在后头。只有一个问题引起了会堂内的唏嘘声。"特拉维夫有几位姓格登布鲁姆的?"托瓦赫脱口而出:"六位。"

"不对,"评委会主席说,"我只发现五位。"

"是六位!"托瓦赫说,"正文处是只有五位,可附录中还有一位,以法莲·格登布鲁姆,列维-伊扎克大街22号,27916。"

主席翻到附录,果然!他显得很感动的样子,大声宣布:"回答正确。"

我的敬佩之情已经是那颗方寸之心无法包容的了,它窜到我的脑袋里,突然间溢出来,顺着我的两只耳垂滴滴答答。这世间竟有如此博学之士!下面一个问题难倒了我们的教授巴伦博伊姆博士,甚至我们的诗人托拉特-夏尼也是费了一番心思,才在最后一瞬间说出了答案。问题是:"特拉维夫市戈登大街,哪位的号码里含有三个零?"

计时器快响的时候,诗人喊了出来:"想起来了。声乐教师薇奥拉·韦克斯勒,20700。"

托拉特-夏尼还是没能想起这号码的门牌号。不过根据比赛规则,这类复杂问题不需要回答详细地址。托拉特-夏尼得到两分和持续近五十秒的掌声。接下来,托瓦赫再次以她精准的记忆力博得全场掌声。问题是:"耶路撒冷号码簿第 53 页有句名言。这句名言是什么?"她不动声色,淡淡地答道:"仔细核对,避免拨错。"

紧接着一个问题,应该是常识,连小孩子都知道答案,可工程师格里克竟然没得分。"特拉维夫号码簿第 356 页登载哪家公司的广告?"答案是:普菲弗曼肉食店。

比赛到这个阶段,四位选手都开始显出力不从心的迹象。巴伦博伊姆教授遇到一个很天才的问题,他挠头抓腮,时间到了,还是没能回答上来。这问题是:"谁家电话号码的中间数字等于后两位数字分别减去前两位数字所得之差?"

教授只好放弃。工程师格里克接过这个问题。他显得有些累,靠着椅背,声音不大:"特拉维夫肖珊娜·加尔达什。180 页,第一列从上往下数第 29 行,23134。"

掌声雷动!整个会堂一片沸腾!我跟着大家鼓掌,手心彻底麻木了。鼓完掌后,我突然有种奇怪的念头,便问坐在我旁边那个人:"记着这些电话号码到底有什么用?"

"你什么意思?"他显得很恼火,"'有什么用'?你这话什么意思?"

"您别误会，先生，"我说，"电话号码簿的确是一种十分重要的参考书，没有它，我们的日子一天都过不下去，我绝对不否认它在我们生活中的价值。我的意思是，既然顺手翻开就能找到，何必非要记在心里？"

"你这话说的，简直像个没长大的孩子！"旁边这人咧嘴一笑，说道，"万一您身处一片沙漠的中心地带，手头找不到号码本，你该咋办？"

"沙漠中心？那我也找不到电话机呀。"

"假设能找到。"

"我问查询台。"

"嘘，别吵，"他说，"专心听。"

可这时候，我已听不进去了，因为我刚才的问题不小心让周围的好多人听见了。这些心地善良诚实、不随便怀疑权威的犹太人对我的质疑提出严厉的质疑。他们说，主席台上的各位专家，还有四位选手，都是思想上的巨人，无与伦比的天才。其他人毕生消磨时光，浪费生命，有人去钻研那些诸如宇宙起源、地球生命、感冒发烧、土豆产量等毫无意义的问题，可真正的天才们从三岁半开始，就致力于希伯来历史文献（电话号码簿是其很重要的一部分）中每一个字词、每一个句子、每一个数字、每一个抄写或印刷错误、每一块墨迹、每一道褶痕，并为自己赢得全世界无上的敬仰。

主席台上，总决赛最后一轮正在火热地进行。

工程师格里克能正确回答了下面的问题，真是奇迹："用针从第421页第三列第四行的第三个数字戳进纸中，针头从下列页码扎出时，分别穿透哪个数字？"格里克一一回答。最后，当针头从第

605页扎出来时,正好到了特拉维夫东部十公里处的希望之口。

格里克回答这一天才问题时,会堂里一片寂静,甚至没人敢出一口大气。主席最后一次宣布"回答正确"时,掌声、欢呼声、口哨声如雷霆万钧,如炮火轰鸣,大会堂的屋顶也在激动得发抖。坐在我旁边那人自言自语道:"荣耀归于万能的上帝!"我再回头望去,不少人竟涕泗横流。主席大声喊道:"安静!安静!"然后说,在他宣布今晚的冠军得主之前,请各位回答最后一个问题,这是总理先生刚刚通过电报发过来的。会堂猛然间又是一片沉寂。

"听着,"主席代总理问道,"电话是怎么打的?"

四位选手一脸茫然,一时不知如何回答。托瓦赫结结巴巴地尝试着答道:"是通过各种电源、插头、插孔,还有电线……"显然,总理的问题难倒了四位天才。主席允许四位选手磋商一番。四颗人头聚在一起晃了一阵后,诗人托拉特–夏尼作为代表,对着麦克风说:"我们一致认为这个问题超越了本次知识竞赛的范围,带有挑衅性。因为按照比赛规则,我们只能用数字来回答每一个问题。"为了避免尴尬,主席大人随即宣布本次比赛的冠军是工程师格里克先生,接话员托瓦赫为亚军。情绪激动的观众拥上主席台,扛起各自心目中的英雄,离开了会场。我最后离开,本想给家里拨个电话,告诉他们今晚比赛的结果,可想来想去,想不起我家的电话号码。

在我们国家，能订上爱乐乐团的音乐会联票，无疑表明你是上等人。给你的妻子买一套高级女装店里的豪华礼服，或者你自己就是高级女装店的老板，要么就是一位企业家，或者是专门经营进出口业务的大老板，你便可以连着几个晚上去坐在音乐厅里，这都是地位的象征。当然如果能伤风感冒，就很完美了。

咳嗽交响曲

我弄到了音乐会联票，简直是易如反掌，没费一点周折。最初，营销爱乐乐团音乐会联票的是一位施先生，他是该乐团基金会的总裁。可没想到他竟然把售票所得的两万多块钱全部装进了自己的腰包，结果被判了两年。这位总裁是家中唯一的顶梁柱，他坐了牢，老婆就可怜了。她不得不把剩下的票全部拍卖出去，替丈夫还债。从拍卖中得到这些联票的是一位出口商，他耳朵背得厉害，没听见举锤子的报价，自己喊出了天价。音乐会第一季刚结束，他就和自己的老婆离了。法院在判决他们俩的离婚案时，孩子归了丈夫，音乐会的联票归了老婆。

后来，事态发展得很是离奇，还出了人命案。这位出口商的老婆（应该说是前妻）突然死了，警察发现是中毒死的。两个月后，她的房客，一位姓高的工程师在曼恩音乐厅被抓，据说就是这位工程师给他的房东下的毒。命运多舛的音乐会联票被最高法院没收,随后在内阁成员中抽奖售出,得奖者是邮政部部长。那些票我们这等小人物自然是拿不到的。好在我家邻居赛里格夫妇要出国旅游,便将他们的票转让给了我们。

本季音乐会的第三场一开始并没发现有什么与众不同的。演奏员开始调音(我不明白他们为什么不提前调好音,非要坐到台子上才整这事儿),指挥一登场照例响起雷鸣般的掌声,这掌声绝对是少不了的。外面突降暴风雪,音乐厅里也冷得出奇,这掌声至少能让指挥浑身热乎起来。他走上舞台,少不了朝着观众鞠躬,柴可夫斯基《悲怆交响曲》的旋律随即充满了整个大厅。演出还算精彩,但真正的神来之笔发生在第一乐章最后由弦乐齐奏的再现部。就在这个时候,坐在前排的一位中年男人(纺织厂老板)的嗓子里喷发出一阵响彻大厅的咳嗽,咳嗽声有些类似狗叫,是一声最强音,紧接着,同一个嗓子里又发出一串富有深情的颤音,两种声音对比分明,足以证明这位纺织厂老板不仅擅长控制音色,而且在起承转合上也有非凡的表现力。

谁也不可否认,今晚音乐会真正的起点就是这一声咳嗽。

受到纺织厂老板华彩灵感的刺激,中间过道处的咳嗽、侧面包厢里的鼻涕一起响了起来,欢快地融入大厅里喉咙齐奏的急板乐句,顿时,整个音乐厅喉声、鼻声大作,温热如发烧的体温,光耀而滚烫的面颊,真可谓美不胜收!

突然,过道处的香水店女老板用她小号一样的嗓音奏出一段委婉的旋律,真丝手帕捂在嘴上有如弱音器,更使这旋律平添了一份柔和。这位出色的独奏家虽然在个别音符的表现上略显粗糙,但整体效果准确、明晰、真实，令人激动不已。伴奏者是坐在她身旁的丈夫，他清嗓子的声音是最好的和声，由于多年搭档的缘故，虽说有意达成悲怆的效果，却没有一丝的矫揉造作。

听着这段交响曲，人们莫不感到神清气爽。我旁边坐着一对音乐发烧友，乐谱铺在大腿上，四只眼睛盯着每一个音符。他们俩声音不大，但那咳嗽声却显得异乎寻常地忠实于柴可夫斯基本人的初衷。

"咳——咳——"中庸的快板奏出的咳嗽。"阿——嚏——"活泼的快板奏出的喷嚏。

我和我家的小女人眼巴巴地望着台上的乐师们。跟大厅里咳嗽和喷嚏的优美合奏相比，舞台上的乐音反而显得刺耳，令人不堪忍受。

有一种无可名状的东西成就了天才的演出，普通人的音乐才能难以企及。今晚，我们有幸领略到这样的东西。

下半场是西贝柳斯的一部交响乐，暗淡而神伤。当然，它的旋律也被台下观众席中所发出的浩浩荡荡的复调乐章所淹没。但是总体而言，还是可以领略到一种有机的整体感。演奏者肺部憋着气，等待最辉煌的爆发，所以大约有一刻钟光景，台下一片沉寂。这正是我亮相的最好时刻！我轻轻抬起身体，轻轻清了清嗓子，一句带有宣叙调性质的咳嗽缠缠绵绵、情深意切，悠悠地从我的喉咙里滑了出来，升腾、扩散，我多年习乐所得来的功夫在这一声咳嗽中得到淋漓尽致地表现。

这一声效果非凡。台上的指挥笑眯眯地望着我，很满意的样子。不仅如此，他还让乐师们停了下来，以免打扰台下的咳嗽交响曲。当坐在第一排的房地产商开始用嘹亮的鼓点重复他之前的主题时，指挥竟然举着手中的棍子引导他按照最和谐的节奏进入。棍子一上一下，房地产商的喷嚏声一重一轻，有条不紊，丝丝入扣。喷嚏声逐渐转为咳嗽声，他弓着身子，声带奏出一连串富有表情的泛音，主题旋律为威武的进行曲，而肺部流出的和声则是时而抒情时而狂躁的颤音。曼恩音乐厅多年没出现过如此逼真而且富有深刻象征意义的演出了。人们从地中海东岸古代遗留下来的细密画中可以看到火山爆发时的气势，房地产商可以说是通过听觉形象再现了画中的盛况。几百人的合奏初听上去精力充沛，但跟房地产商动人的独奏相比却显得苍白无力。他那一声，没有别人可以模仿，任何喷嚏专家、咳嗽天才都会自觉退场。

音乐会在一段渐强的咳嗽合奏中结束。这是一段具有无与伦比的真实感的乐音，让任何形式的无病呻吟都自惭形秽，无地自容。个性得到尽情的表现，手帕、披肩、领花，当然更重要的是鼻孔和声带，所有天然乐器的性能都发挥得淋漓尽致。

真是一部伟大的原创乐曲，一场完美的现场演出。

辩护律师

上周某个晚上，大约傍晚四五点钟的光景，一位警察现身在我家门口，按响了门铃。他递给我一张传票，告诉我明天八点准时到分局报到。我家的小女人惊恐万分，脸色惨白。倒不是因为真有什么让她害怕的事情。当然没有，可毕竟……

"他们为什么这么急着传唤你？"小女人一脸困惑，问道，"该不是你犯了什么事儿了吧？"

"我犯了事儿？"我回答道，"别开玩笑。"

小女人斜着眼睛看了我一眼。

"不管什么事儿，"她口气很硬，"别一个人去警察局。把律师带上。"

"带律师干什么呀？"

"我也不知道。我只是要求你带上律师，以免遇上麻烦。"

"以免"，我老婆还会用这么文绉绉的字眼，我平生第一次听到，倒显得我特别没文化似的。

下午，我找到雪伊·申克拉格律师，他是我们这个区学识最渊博、名声最显赫的法学家，算是一位大人物。雪伊·申克拉格仔细地听完我的陈述，思索了好一会儿，才说那好吧，我愿意为你辩护。我长出了一口气,在他准备好的几张纸上签了名,文件立刻生效。

第二天一大早,我惴惴不安地跟妻子说了声再见,在律师的陪同下,来到警察分局。接待我们的是一位值班警员,年纪不大,却留着浓密的小胡子。雪伊·申克拉格将我的传票递了过去,小警察低着头在抽屉里翻了一会儿,拿出一个手提包。我认得出来,那是几个月前我丢失的。

"您的包我们找到了,先生,"小警察和颜悦色,微笑着说,"您可以领走了。"

我一把抓过这个淘气的手提包,兴高采烈地转过身,准备离去。可律师显然不愿就此罢休。

"很让人感动,"他说,"我能否问您一句,值班警察先生,您有什么理由如此肯定这包就是我的当事人的财产?"

"咋能问这种问题?"值班警员咧嘴一笑,"里面有一张洗衣店账单,上面写着这位先生的姓名和地址。"

"亲爱的警官先生,"我的律师说,"您难道没有想到这包也极有可能是洗衣店的财产吗?"

"是我的,"我口气绝不含糊,"包上有我滴落的酸奶留下的痕迹,我一眼就认出来了。"

"您站边儿去,"雪伊·申克拉格很有礼貌,但口气很坚决,"值班警察先生,我要求您出具一份报告。"

"什么报告?拿起你的包,赶紧走人!"

"的确是,"我插嘴道,"这里再没有我们啥事儿了。"

我的律师退了几步,面对窗子站着。过了好几秒钟,他转过身来，冲向我和那位警察，厉声说道："我告诉二位，我们在这儿还有没有完结的事情呢。您不认为我们应该打开包检查一下里面的物件吗？"

没人说话。我竟然没想到这一点，可够蠢的。律师就是律师，他的警觉和睿智我再过八辈子也比不上。

"嗯！"值班警察叹了一口气，准备把包打开，"好吧，还会有什么问题？"

"住手！"律师突然大吼一声，"我反对！我要求开包时必须有官方目击证人在场！"

值班警察胡子翘了翘，进了一间办公室，领着一名警长走了出来，两个人都满脸通红。

"先生，"律师对我说，"现在请您仔细列一个清单，当时您丢失手提包时里面都有什么物件，请您一一写出来。仔细想想。"

"我很乐意，"我说，"可我一时想不起来。"

"想不起来，那我们也无能为力了。"警长一边说，一边打开手提包的扣锁。我的律师突然扑了上去。

"的确，我的当事人承认自己回忆不起来丢失皮包时里面有些什么物件，"他说，"但那并不意味着他承认包里没有存放贵重物品。"

两位警察皱着眉头看着我们。雪伊·申克拉格把我拉向一边。

"从现在开始，不经我允许，您不许说话！一切交给我处理。"

他在一张纸上写下一段干巴巴的官样文字："根据我当事人的陈述，在不妨害我当事人对即将招领之丢失之物品的唯一且合法的拥有权的情况下，他本人由于记忆缺失，无法证明在签字之日被存放在该警察分局的手提包里面没有贵重物品,而现持有此包者,即该分局值班警员,肯定此包为我当事人于几日前丢失之财产……"

"请稍候。"警长让他停下笔,从隔壁办公室喊出分局局长。分局局长显得很沮丧,从他那张脸上就可以看得出来。他还没来得及张口,雪伊·申克拉格律师便做了一番自我介绍,然后说此事关系重大,应秉公处理。几个人情绪都很激动,气氛突然紧张了起来。

"先生,"律师转身朝我说,"我有责任告知您,从现在开始,您所说的每句话都有可能在法庭上对您不利。"

我问他我需要不需要发誓,雪伊·申克拉格说,别急,还没到那一步。他写完那段文字,很庄重地宣布:"我的当事人不再反对打开手提包。"

分局局长把手伸进皮包,取出一支铅笔。

"先生,"律师转身向我,一字一顿地问道,"这是您的铅笔吗?"

我看了看,短短的一截铅笔,笔尖被磨得光秃秃的。没什么稀奇的。

"我咋知道呀?"我说,"我不记得了。"

雪伊·申克拉格两眼冒出神圣的光芒。

"先生们,"他宣布道,"我们都得保持头脑冷静。"又转身朝着我说,"先生,您能否肯定地告诉各位您无法回忆起现在展示在您面前的这物件的的确确是您自己的书写器具之一?"

"我说过了我想不起来。"

"如此说来,我要求此事须向警察总署上报备案。"

"总署?"分局局长火冒三丈,"老天哪!您这是在干什么?有这必要吗?"

"先生,如果那位拾金不昧者能够往此手提包内放入一支铅笔,他也极有可能从中拿出某样物品。"

警察总署署长眨巴着眼睛走了进来,一脸不耐烦的样子。

"到底什么发生了事?"署长问道,他一眼认出了律师,"哦哦,又是您啊,雪伊·申克拉格先生!"

我的律师在值班桌前走了几个来回,然后站在总署署长面前,充满激情地说道:"我代表我的当事人起诉那位捡到皮包的公民。我控告他,第一,非法动用我当事人的可动产;第二,非法移出我当事人可动产内部的物品。"

"停一停!"总署署长一鼻子不屑一顾的神情,"您是在暗示有人行窃?"

"您说得没错,我就这意思。我的当事人有充分理由而且毫不含糊地认定,有人行窃。"

"好吧,"总署署长叹了口气,转向值班警察,"这包谁捡来的?"

值班警察翻开一个记录簿,一页一页查阅。

"是巡逻警察发现的。"

总署署长转身问我道:"先生,您在指控警察行窃,是不是?"

"别回答他的问题!"雪伊·申克拉格跳了起来,"一个字也不能说。他们在给您挖陷阱,他们那些把戏我见多了。"又转过身对总署署长说道,"先生,我们不愿多说。一切都将在按法律程序指定的法庭上——公开。"

"随您怎么说,"总署署长说,"不过我得告诉您,您这是在诽谤公务人员。"

"反对！"雪伊·申克拉格咆哮起来，"你这是敲诈！"

"哦？"总署署长也咆哮了起来，"侮辱身穿警服的执法警察，按照《刑法》第八条……"

"反对！按照政府第三一七号文件《警察权益保护法》之第四十七条款附则……"

"还是让法庭裁决吧。"总署署长说完转身朝着我，"无论结果是什么，现在我宣布，您被逮捕了。"

我的律师雪伊·申克拉格先生陪着我走向拘留所的门口。

"您别担心，"他在安慰我，"他们不会把您怎么样。他们没有任何证据证明您有罪。相反，我会证明警察有罪。我会对警察总署要求在一定期限内无人提出反对则法庭判决自行生效的判决令。得让他出庭说明为什么不逮捕那位所谓的拾金不昧者，却逮捕了损失财产的受害者。您在里面好好休息。我给您夫人打电话。"

我满怀感激地握了握他的手。蹲在拘留所里的孤独者，除了律师，还会有谁做你的朋友呢！这一瞬间我才意识到拥有一位杰出的律师是一件多么幸运的事。我相信，只要我老婆拿出一笔保释金，他一定会把我弄出去的。

妙手回春

一切都是从胃开始的,先是一阵奇怪的、空荡荡的感觉,紧接着体内某个深处便轰隆作响。我没在意,可这症状持续不去,也有六七个钟头没吃一口饭了,我便有些紧张起来,去找我那位还没出嫁的老姑妈商量。她说我得马上去医院看病。

"好吧,"我说,"我去疾病基金会医院。"

"你疯了吧?"老姑妈大喊一声,"疾病基金会只知道怎样从你腰包里掏钱。他们就是一家工厂而已,哪会看病?你还是快去找格罗斯洛克那教授吧!"

"他是谁呀?"

"开玩笑吧?你怎么会不知道格罗斯洛克那教授呢!他可是名人,妙手回春,谁不知道他呀!"

"妙手回春!行了吧。"

"你别跟我说行了吧。我说他妙手回春,他就是妙手回春。赶紧去,说德语。不用担心,他会帮你找到病根的。"

"那我去了。"我说。既然他能妙手回春,何不去试一试呢?可老姑妈提醒了我,我得预约,哪能说去就去!我给教授打了电话,接电话的是个女的,她说三个星期后的星期二下午五点二十六分,我得准时到。"在这之前，不能吃喝，不能抽烟，不能睡觉。"

大夫诊室的门大开着，巴洛克风格的候诊室里坐着五六十人。我打了一声招呼，没人理我，大家都像在神圣的教堂里一样，恭恭敬敬地候着。

我花了半个小时才打听到这里的规程。候诊室有两个门，一会儿这个开了那个闭上，一会儿这个闭上那个开了。身穿白大褂的护士飘过来飘过去，赤裸着上身的病人穿梭在两个门道之间。病人三人一组，排着队走进诊室。我正在思考这里面的人工作效率真是高得出奇，突然一位护士站到我面前，示意我跟她走。

我们走进一间办公室，护士翻开记录簿，登记我的个人资料。姓名？性别？（我说我是个男人。）出生？（我说是，我出生了。）籍贯？职业？

"记者。"我回答道。

她马上说："请缴费，九十六块。"

"您说什么？"

"九十六块。"

"怎么会这么贵？"

"初诊费就是九十六，"护士说，"只有同行和与我们职业有关的人才可以享受优惠。"

"好极了，"我马上说，"我也修理打字机。"

"稍候，"护士说着走进了诊室。出来后，她说："九十五块五毛。"

算是优惠了一些。我交了费，回到候诊室原来的椅子上。大概一个半小时后，另一位护士走到我面前，示意我跟她走。我们一起走进一间卧室。看她长相还很让人赏心悦目，似乎也没有脾气，我便壮着胆子说："这老家伙真心黑呀，收费也太高了吧。"

"我丈夫不是经营慈善机构的。"妈呀，这是他老婆！格罗斯洛克那夫人说完，翻开一本记录簿，用冰冷的声音问我哪儿不舒服。

说来奇怪，我真心不想跟女人兜底，把我的毛病全说出来，况且还在一间卧室里，就我俩！我说我不想跟您说。她便把我打发回了原来的座位上，我眼睁睁地看着人来人往，就像大街斑马线上的路人。护士络绎不绝，病人屁颠屁颠地跟在她们身后。

"先生，请问，"我问我旁边的一位病人，"这么多护士，他是从哪儿雇来的？"

"都是格罗斯洛克那家里的人，"他回答道，"教授有七个姐妹，两个兄弟。全家人都在这儿上班。"

一位兄弟来到我面前，示意我跟他走。我们一起走进一间盥洗室。他递给我一支试管，让我把某某东西放一些进去。我问这是干什么用的，他说他不知道，但既然让你做肯定就有用。他还说，教授接待你之前必须把化验结果拿出来。我刚完成这一步骤，皮带还没系紧，一位不知是姐姐还是妹妹又把我拉进了厨房。抽血，提取胃液。结束后我回到原来的座位。天快黑了，又一位姐妹走到我面前，示意我和另外两位病人脱掉上衣，哪儿都别去，坐在原地等候召唤。候诊室太冷了，我的牙齿开始打颤。护士说对不起，屋子里冷，委屈您了，但是教授时间宝贵，必须提前做好准备。

"我得把注意事项一一告诉你们，听好了，"这位姐妹接着说，"为了节省时间，你们进门不准打招呼，无需寒暄。屋子当中有三把椅子，进门后马上就座，深呼吸，吐出舌头，不要乱动，让你动你再动。不要对教授说话,不要问教授任何问题。你们的一切都写在病历上,他看了自然知道该怎么做。教授如果赏脸问你们问题,你们也不许回答,如果万不得已必须回答,不能超过两个字。出门也无需说再见。好了,记住了没有?复述一遍。"

我们把她说过的话复述了一遍。诊室门开了,一位护士用口哨示意我们进去。

"马上!"她大喊一声,"加快步伐!"

我们加快了步伐。我纳闷,他们为什么不安装一个电动传送带?我们按照护士的吩咐分别坐在那三把椅子上。教授一一过目,掀了掀我们的舌头。正在这时,门开了,年龄最大的那位姐姐探进头来,问道:"潜水运动员?"

"九十三块。"教授说道。然后转向我,问我家庭成员有无病史。

"多了。"我答道。没超过两个字。

"你多大年纪?"

"五十。"我说。其实我已经五十五了,可我不能超过两个字。教授时间很宝贵。

教授用他的回春妙手敲打着我的脊背,问我有无感觉。

"疼!"一个字。格罗斯洛克那教授回到病历本上。

"克莱纳先生!"他说,"您脊椎问题很大,需要治疗。"

"对不起,"我旁边那位越过了两个字的限制,嚷嚷起来,"克莱纳是我。"

"别插话!"教授显然生气了,一个箭步扑向他。又转过身来,对着我说:"您问题不大,看样子是感冒了。似乎是在比较寒冷的屋子里坐得时间太久，衣服穿的太少导致的轻度感冒。"

教授为我开了处方，两粒阿司匹林。示意我们出去。那两位与我一起进来的还想说些什么，护士两把就把他们搡了出来。

在我们穿衣服的时候，候诊室一个瘦弱的男人咕咕囔囔地说，他是邮递员，是进来送一封挂号信的，却被强迫脱光了上衣在这儿坐着。他说这已经是第三次了。怎么说都没用，护士们有办法让他光着身子在这儿受凉。上周一，他去一家盲肠科医院送挂号信，差点被抓起来做了手术。多亏他手脚麻利，从手术台上跳下来逃跑了。

哨声叫停

星期二，我来到我家附近新开张的游泳馆。大家都说这泳池是天堂里的一汪水，美得让人窒息。一尘不染，因为哪怕有一粒灰尘钻进来，也会被明察秋毫的管理员发觉；静若圣殿，因为他们不能容忍任何人大声喧哗。在这个泳池里或泳池边上，你能感受到的，只有静谧、秩序、纪律、卫生、文雅、和谐、守法、清水、空气、阳光、阴凉、树木。

还是好奇心太重，我想亲自去探一探。走下几段台阶后，发现真是名不虚传。水好透明，透明得就像税收。地上一片纸屑也没有。没有说话声，没有打闹，没有嬉戏。文明统治着这里的一切，斯堪的纳维亚式的文明！我踮着脚尖走到售票窗口。里面坐着一个大美人儿。我说："买张票。"

"您好！先生，"美人儿说，"您得说'您好！'"

我的脸颊有些发热，马上加了一句您好。递进钱，美人儿递出一张票。票面设计极其讲究，颜色也很诱人。我朝更衣间走去，没走几步，一阵刺耳的哨声传了过来："嘟——嘟——"我转身望去，只见一位救生员朝着我使劲儿地吹着一支双筒长把哨子。

"请您到更衣间换上泳衣。"

"没问题，"我说，"我这不就是去换衣服的嘛。"

"先生，请您快走。"救生员喊道。说完转身背朝着我，一双鹰眼扫视着泳池，活像一盏探照灯，天大亮了，被忘记熄灭。我在更衣间穿上泳衣，把脱下来的衣服挂在亮铮铮的衣架上，递给一位服务员。服务员声音甜美，说道："请您扣上上衣的扣子，否则它就会从衣架上滑落。这不是一件很可惜的事情吗，先生？"我满怀感激，扣紧衣架上上衣的每一粒扣子，又从这位温文尔雅的年轻人手中接过一张圆盘。他祝我玩得开心，玩得健康。我说了声谢谢，迷迷糊糊地走出更衣间。刚走了几步，"嘟——嘟——"的哨声又吹响了，救生员告知我穿着拖鞋走向泳池是严格禁止的，因为拖鞋上极有可能粘着各种细菌，毕竟这是炎热的夏季。我没说话，把拖鞋踢开，拎到手上。还没迈出一步，"嘟——嘟——"声又响了。"禁止拖鞋进入泳池区域，手里提着也不行。"

我没办法，只好将拖鞋寄存给那位温文尔雅的年轻服务员。走了不过几步，"嘟——嘟——"声又响了，救生员要求我先去淋浴。

明文规定，未经淋浴，禁止进入泳池区域。我站到淋浴喷头底下，正打算拧开开关，"嘟——嘟——"声又响了。这次，救生员不仅吹响了哨子，甚至从他那个高台上跳了下来，朝我直奔过来。

"先生，"救生员一眼盯着我的下体，"您的泳裤松紧带已经失去了弹性，随时有可能掉落，请您换一件新的泳裤。"

我问他怎么会发现我的泳裤松紧带失去了弹性，他说他干这一行十五年了，对于泳池区域任何橡皮材料的弹性已经有了第六感官。说完他又回到他的高台上去了。我回到卖票的美人儿窗口，先说了一声"您好"，问她卖不卖泳裤，要大号的，免掉落的那种。

我拿着新买的泳裤走了回来。没走几步,"嘟——嘟——"声又响了。

我半晌没反应过来。过了好几秒钟才意识到救生员要求我再去淋浴一次,他说,你离开泳池区域哪怕只有一分钟,你的身份就变回到了新来者。我冲了淋浴,一屁股坐在泳池边整整齐齐排成一列的躺椅上。屁股还没坐定,"嘟——嘟——"声又响了,禁止穿着未干的泳衣坐在泳池边上。我垮了,逃离了泳池区域,拿出一块芝士三明治,想补充补充营养。刚咬了一口,还没有咬到芝士,"嘟——嘟——"声就响了,救生员招手示意,泳池区域禁止进食。他派了一名服务生,把我赶走,在我刚刚咬了一口三明治的地方一遍又一遍喷洒消毒剂。

这时候,我的心中产生了一种深受迫害的恐惧感。我爬到一块大石头下面,我能看得见蔚蓝的天空,别人不可能看得见我。终于找到一片安全之地,我晕乎乎的,有些想打瞌睡的欲望。可是,眼睛还没有完全闭上,那刺耳的哨声又响了。

"嘟——嘟——"救生员竟然就站在我眼前,摇着我的肩膀。"泳池区域禁止睡觉!你会中暑的。快点下水吧。"

我站起身来,朝水池方向走去。才走了两步,哨声又响了。"嘟——嘟——下水之前需先如厕。"

"可我没那个意思。"

"必须去!"

我走进厕所,站了两三分钟,又冲了出来,大踏步向游泳池奔了过去。我豁出去了,不想再被那位救生员拨来拨去。可他还是挡住了我。

"嘟——嘟——禁止奔跑！"

自然还是他。他甚至将我叫到他身边，眼睛盯着我赤裸的身体，说他得保证我没有皮肤病。我说我的皮肤光洁如玉，他放心了。我朝泳池走去，他说不行，我必须重新淋浴。站在淋浴喷头底下，闭上眼睛，我突然感觉我不在人间，而是在十八层地狱，只是这地狱被装饰成一座斯堪的纳维亚款式的游泳馆。我一边冥想，一边漫不经心地走了出来，朝泳池方向挪着沉重的脚步。我想扎一个猛子跳进水里。

"嘟——嘟——"哨声更加急促。"禁止侧面跳水。"

"去他妈的！"我吼道，"这个也禁止，那个也禁止。到底什么不禁止？"

"嘟——嘟——"救生员答道，"泳池区域禁止脏话。"

我不顾一切跳进水里，使出浑身的劲儿游了起来。心想这下他该放过我了吧。但是他那双鹰眼还是紧跟着我的每一个动作。池水清澈见底，他盯着我毫不费力。

我从水里探出头来，睁开眼睛，想换换胸腔里的气。"嘟——嘟——禁止在泳池里睁眼游泳，消毒水会刺激眼球和角膜。"

我闭上了眼睛。

"嘟——嘟——禁止在泳池区域溅水。"

"我有什么办法呀。我就是这样游泳的。"

"嘟——嘟——那最好出去。"

我停止了游泳，让自己淹死在泳池里。

一开始就该淹死的。

在我们国家，从事体育运动很有些困难。想滑雪，找不到雪；想滑冰，可是能见到的冰都在你家厨房的冰箱里；体操太枯燥；高尔夫涉嫌反社会；打网球天太热。只剩下游泳一项。就连游泳也有难处，气候太潮湿。

当心，水太浅

我儿子站在游泳池边的台阶上，大哭大闹。

"下水！"

"我害怕！"

我已经试探了半个钟头，想哄着我家那个红发少爷下水，好让我这当爸的教他学游泳，可他就是害怕。爱弥儿充满恐惧的哭声刚开始还在低挡，可慢慢地越来越往上升。应该说还有希望，我也不生气。我还记得当年我爸爸教我学游泳时的情景，我也是站在池边的台阶上，哭得死去活来。过了这么多年，教学方法都有了改进，我自然不能强迫他做违心的事情。下水这第一步得他自己完成，初次的恐惧也得他自己克服。就像一只雏鹰即将离开母亲的窝巢，你只需轻轻推他一把，剩下的交托给天性，即使那天性懦弱无比，你也不能事事包办。目前这种情况下，好爸爸能给儿子的，应该是理解、善意和大把大把的爱。

"你看,"我对我家胆小如鼠的小猫说,"水深还不到你的肚脐眼呢,我抓着你。不会有事的。"

"我害怕。"

"你看水池里那些孩子比你还小,他们都又玩又笑的,就你一个在哭。"

"我害怕。"

"你难道比别的孩子傻吗?比他们弱吗?"

"嗯,是的。"

爱弥儿竟然心甘情愿承认自己比别的孩子傻,比别的孩子弱!我抬头扫了一圈。救生员戴着草帽,眼睛从帽檐底下望着我。有些家长对着他们顽皮的孩子开着我们的玩笑。我脑海里,一艘客轮正在下沉,大家都很有秩序的等着听船长的吩咐,只有一个红发男人野蛮地冲过一群妇女儿童,第一个跳进了救生艇。他就是我家少爷,小时候没有跟父亲学会游泳,现在就只能这样丢人现眼了。

"你害怕什么?"

"怕沉下去。"

"水不到一尺深,怎么沉下去?"

"我害怕。"

这孩子见水过敏!

"你想沉也沉不下去,"我想从理智上打消他的恐惧,"你身体的地心引力很小,它会浮在水面上。你看我的。"

老爸平躺在了水面上。我想这是以身作则,最好的教育方法。可正在这时,不知哪个蠢货突然跳到我的头上,我吞了好几口水,差点呛死。我扑腾了几下,地心引力竟然把我拉了下去。少爷站在台阶上哇哇大哭,哭声提到了三挡。

我想求助于政府,就对救生员说:"救生员先生,您给说说。在浅水区,人能沉下去吗?"

"咋可能?"草帽说,"绝对没可能。"

如果换成其他爸爸,早就把儿子一把拽下水了,可我不能。哪怕他胆小如鼠,哪怕他哭声震天,我也得表现出足够的爱来。说实话,我还没有像现在这样爱过他呢,就因为这时候的他浑身发抖,一脸的无助,一脸的蠢相!唉!真他妈的无语!

"好儿子,咱们订一个君子协定,如何?"我提议道,"我不动你,你自己走。等水到了膝盖处,自己决定。如果舒服就在里面待着,不舒服就出来。怎么样?"

少爷一边大声哭着,一边慢慢朝水中走去。结果呢?不舒服,不喜欢,出来了。爱弥儿又站到了干干的池边。这次,他大哭似乎还有些道理。一阵儿大哭,一阵儿就像噎住了一样没了声息。再过一阵儿,又"妈咪妈咪"地喊了起来。

"爱弥儿!"我威胁道,"你再不下水,今晚就休想看电视。"

这一威胁,他哭得更厉害了!眼泪哗哗的,我感觉游泳池里的水也突然变得咸乎乎的了。

"你看呀,一点都不难,"我又示范了一通,说道,"伸开胳膊,数,一,二,三……四……"

我哪能一边游泳一边数数!没人教过我,我不是搞游泳的,我是握笔杆子写字的。爱弥儿站在台阶上,哭得一声比一声高。一帮看热闹的围了过来。我跳出水,少爷一见吓得夺路而逃,放开喉咙狂叫了起来。我一把抓住他,拉回到水边,继续教他游泳的学问。

137

"妈咪！"少爷喊道，"我害怕！"

同样的一幕在我眼前突然浮现。不对吗？当年我父亲不也是这样抓着我非要拉我下水，而我不也是这样"妈咪妈咪"地大哭大闹的吗？人生就这样！两代人之间免不了打打闹闹。当父亲的酸葡萄吃多了，生的孩子就眼泪多！望子成龙，生下来的却是只会流泪的虫子。

"不要水！不要水！妈咪！"少爷依然叫个不停。

我把他高高地举在空中，离水至少有两尺远，他还是喊着会淹死。

"一，二，三，游！"我发了命令。

少爷一边哭一边做着狗刨的动作，看样子有进步。可我马上意识到他还被我举在半空呢，狗刨动作做得再好有什么用？我这是在教他飞翔不成？我把他放下来，贴着水面，他就像要死一样的嚎了起来，嘴里还冒出几句阿拉伯土话。我毕竟要比他壮实，我长得就像个运动员。

"游！"我也叫起来了，"一，二，三……"

他咬了我一口。他咬到我的手上。他竟然咬到天天喂他的这只手上！他竟然咬到他一生下来就悉心照顾他、爱护他的父亲的手上！我两条腿夹住他的身体，把他发抖的屁股钳得死死的，抓着他的两只手一前一后，一，二，三……得让他游起来，哪怕把一池的水全喝干，也得让他游起来！

"别害……怕！"

他若学会了弄潮，以后准会感激我的。现在两只蹄子使劲儿地踢在我的背上，你踢吧。少爷的一张脸哭得变了形，只一个钟头，似乎已经长大了一岁。我把他压到水底下。他喝了几口。喝吧,就是把太平洋喝干,我也不在乎!他的父亲就曾被他自己的父亲夹在两腿之间,抽打着。游!我不记得我为此恨过我的父亲。妈的!你到底害怕什么?到底有什么值得你害怕的?

救生员敲着我的肩膀,说道:"先生,放开那孩子,好不好?"

太让我生气了!这蠢货不但不帮着我教导这崽子,不但不送我一个救生圈,不但不……他竟然还帮那小子说话!我提起这只不成器的雏鹰,一把扔到了岸边。我怎么会生下如此没出息的孩子!我独自潜到水下,让他一个人蹲在岸边使劲儿地哭去吧。

我像天鹅一样悠闲地浮在水面上,享受着温柔的触摸。我想让少爷看看,这样的享受,你为什么非要错过呢。我最擅长蛙泳,便甩开臂膀,表演起来。突然,我发现有些不对劲儿,胳膊腿儿难以协调,身体慢慢沉了下去。见鬼!我在往下沉……妈咪!第一次教儿子游泳,我自己竟然忘了……忘了如何游泳。

"今日之事，切莫拖至明日。"谚语流行千年，犹太人毫无怨言地接受了这至尊信条。也有例外，那就是还债。在这一特殊方面，潜意识往往是一股逆流。古代传下"十诫"之说，有人研究，其实应是十一诫，这第十一条是："汝不准还债！"可亚伦接过兄长摩西的权杖之后将其删除，因为他恰巧也负责国家收入。

富翁还债

星期三下午五点，我又来到富尔曼办公室里。我已下定决心：这将是最后一战。这次，富尔曼必须还债，否则……大约四个月前，富尔曼委托我为他的工厂设计广告词，可我至今没有拿到报酬。当初我以为用不着张口索要，可他连一点反应也没有，我只好非常客气地问了一声。富尔曼让我出具发票，我便给了他一张九十五块钱的票，然后回家等候。可什么也没等到。

我到了富尔曼的工厂，他答应周末一定解决。周末我来到他的办公室，他问我有什么贵干。我说："我想拿到我那笔钱。"

"啊！"富尔曼像猛地意识到了什么，说道，"当然了，这没问题。"过了五秒钟，又说，"您等我的电话。"

这一等又是两个月。我打电话给他。他问："请问，您有何贵干？"

我说:"那九十五块钱呢?"

"哦,"他说,"那不是什么问题,只是我现在心痛得厉害。您周末到我办公室来。"

我说:"富尔曼先生,您听我说,这没有多少钱,不就是九十五块嘛。"

他说您星期五早晨来一趟。我去了,可他很忙,我在外面等着。他出来后,我有意识地显得很生气。

"富尔曼先生,您告诉我,"我迎上去,站在他面前,说道,"这笔钱,我还得等多长时间才能拿到?"

富尔曼一脸蔑视,极不耐烦地说道:"星期三下午五点半来吧。"

这不,今天就是星期三。我早来了半小时,担心他可能又会犯心痛。我走进富尔曼的办公室,顺手锁上门,把钥匙揣进口袋里。富尔曼一脸茫然,显然他又忘了我是谁,似乎他待在办公室也是出于偶然。他看了一眼手表,皱了皱眉毛,然后朝我勉强地笑了笑。这么说吧,富尔曼绝不是一个恶人,他的长相温柔而慈祥,哪像个恶人?他只是不愿意还债而已。大家都不愿意把钱给别人,他做得更甚罢了。他的家产据估计在三千万到四千万之间,有银行,还有一大片原始森林属于他。

"请坐,"富尔曼自己先坐到一把扶手椅上,"我能为您做点什么?"

我说我来拿我的九十五块钱。

"今天上午我出席了一场葬礼,"富尔曼说:"可怜的施穆莱维茨过世了。来的人真多。他是一位人缘非常好的绅士。您认识他吧?"

"不认识。"

"太让人震惊了。这样的好人竟然就这么走了。我现在还没有完全恢复过来。当时我像个孩子一样哭了很久。每个人都能够感受得到,死神的翅膀就在自己头顶扇动……"

我在这一刹那间意识到了危险。他会说,人人都来自尘土,最终归于尘土,钱乃身外之外,若为九十五块钱争来争去,太不划算了。死神随时都会把我们每个人带走……

"可活着的人还得继续活着,富尔曼先生,"我低声说道,"生活当中有各种烦恼、艰辛,我们依然得继续忍受。"

"您说得太好了。是得继续忍受。"富尔曼叹了口气,站起身来,打算离开办公室。可门还锁着,钥匙就在我的口袋里。我又说了一遍您得给我那九十五块钱。富尔曼满脸困惑,问我是干什么的九十五块钱。我说您还欠我九十五块钱的广告设计费呢。

"啊对了,我想起来了,"富尔曼说,"我给您开张支票。"我问他我能不能拿到现金。他显得很吃惊,盯着我,这么一大笔钱,您要现金?他转身翻开桌子上的台历,仔细研究着,自言自语,意思是说看一看我哪天可以来取支票。

"不行,富尔曼先生,"我声音很小,但很坚定,"就现在。"

"如果您坚持今天就要,那没问题。要不要喝杯茶?"

"谢谢,不需要,"我说,"这么热的天,我不喝茶。"

富尔曼说他得喝点什么。我打开门,抓着他的胳膊,来到过道尽头一家茶室。富尔曼点了半杯茶。回到办公室,他说了一大堆卖茶人的坏话,价格涨得太快了,等等。富尔曼自己拥有八家工厂和矿井、两家超市。我又把门锁上,把钥匙揣进口袋。

这不明摆着吗?富尔曼想拖延时间,想让时间帮他把我赶走。随时都有可能发生意想不到的事情,战争、核攻击、地震……谁敢保证不可能呢?

"当年我在果园里上班,一天就挣四分钱,"富尔曼陷入了怀旧,"可我们很快乐,日子过得就像国王一样。"

"您现在就开支票可以吗?"

"听您的吧。"富尔曼把手伸进口袋,摸索着。支票簿不在这里,或许明天您再来一趟?我提醒他说支票簿就在您的桌子抽屉里。不可能,不可能,这怎么可能呢!他还是拉开了抽屉,想不到吧,里面竟然有十几本支票!卖茶的在敲门。趁我去开门的时候,富尔曼立刻锁上了抽屉。他搅着杯子里的茶,突然显出惊慌失措的样子,哎呀,我的地奥心血康竟然忘带了。

"不用担心,"我说,"我口袋里备有速效救心丸。"

富尔曼脸色苍白。他意识到我今天真的是有备而来的。他慢悠悠地品着茶,眉毛皱得紧紧的,像两条毛毛虫在一步一步地爬行。可怜的施穆莱维茨,愿他的灵魂在天堂安息!就在上周,他还坐在这张椅子上呢!快给我支票。啊,没问题。可他没有写字的工具。我把我自己的圆珠笔递了过去。那寡妇该有多伤心啊,施穆莱维茨可是德高望重、人见人爱的大好人啊。

富尔曼身体微微发抖。他打开支票簿。"是九十块吧?"

"九十五块。"

富尔曼陷入沉思,很伤心地点着头。他努力做出写字的样子,可就是写不出来。所以您还是先回家,改天再来吧。我又掏出一支圆珠笔。很遗憾，这支笔下油很利索。是九十块吧？九十五块。那好，九十五块。他两只耳垂微微发抖，我明白他还是在为施穆莱维茨的死伤心欲绝呢。我说："富尔曼先生，您能不能快点儿，我得回家。"他的额头上渗出了第一颗汗珠，接着又是一颗。富尔曼的眼睛扫了一眼办公室的门。钥匙就在我的口袋里。富尔曼在支票上写下我的名字，最后一笔用了很大的劲儿。电话响了。他长喘一口气。显然，这是预先安排好的。富尔曼在电话上说了整整三十分钟，最后对我说，不早了，他得走，他哥哥病得厉害。我从桌子上抓起一把裁纸刀。富尔曼紧张地看着我。海因里希卧病已经五天了，医生说可能是病毒感染。他哥哥是位艺术家，刚刚从墨西哥回来。

"支票，富尔曼！"

我能感觉到我两眼在冒火。富尔曼也意识到稍有疏忽，他便会有生命危险。他慢慢站起身，朝桌子后面走了几步。他还有一个妹妹，做室内装潢的。一家人都是艺术家。我跟在他身后。他一个人常去听音乐会，最喜欢柴可夫斯基和巴尔托克。富尔曼朝窗口走去，我迅速走到前面挡住了他的去路。当然，贝多芬毕竟不是凡人，第九交响乐……他试图跳窗！只要能摔断一条腿，出租车就会拉着他回家，然后立刻打装行李，直奔飞机场。我把他逼到椅子上重新坐下。"富尔曼，签字吧！快点签字，否则今天就是你的末日。"

他签了字。

人类所有的苦难一瞬间全部聚集到他的眼睛里。他不恨我，不讨厌我。他只是蔑视我，蔑视我竟然为了九十五块钱就如此下作！

我自己也已筋疲力尽。第二次世界大战那几年，我就已经经历过苦难，但我记不得那时候会有今天这种紧张气氛。

我的脑海里闪现出一张表格，人类的身体在不同环境中消耗不同卡路里的热量：伐木，两千五百卡路里；驯野马，四千六百卡路里；富尔曼写支票，九千七百卡路里。

富尔曼翻开台历。现在是六月。七月，八月，九月，十月，十一月，十二月，一月，二月。他停了下来，又陷入沉思。然后说就写二月二十八日吧。我说请你开具早一点的日期，一月行不行？对不起，这不可能。一月份别人欠他的钱还没有还清，这支票无法兑现。争也没用。富尔曼几个小时老了许多，脸颊上的肉陷了下去，眼睛周围布满了黑圈。头发也白了。昨天的报纸上说富尔曼刚刚收购了几家国营炼钢厂。

支票上就差写年份了。写上那四位数便万事大吉。天哪！富尔曼抬头盯着天花板，毫无血色的双唇在默默地祈祷。地震显然不会及时发生。198……写了三位数字，停下来擦了擦眉毛上的汗。又端起那个已经喝干的茶杯，抿了一口。抬头细细打量着我，我突然毛骨悚然。这一刻，他对我心生痛恨，疯狂的痛恨，永久的痛恨，不可逆转的痛恨。富尔曼抓着第二支圆珠笔，全身伏在支票上。

"您想不想去看演出？"他的嗓门几乎被堵住了，竭尽全力说道，"我有一张票，如果您快点去，还能赶得上。"

裁纸刀逼到他的胸前。沉默。可怜的施穆莱维茨。柴可夫斯基。世界末日。他写完最后一位数字1，1981。好了。圆珠笔突然掉落在桌子上，他的指头已经失去知觉。一张脸变成了一副没有血色的面具。皮肤发黄，两眼呆滞。我一把抓起支票。他的手伸了过来，然后有气无力地掉到桌子上，像一只中弹的鸽子。我一边往门口走去，一边道别："再见，富尔曼先生。谢谢您，也请原谅我的冒昧……"

富尔曼没有回答，只用玻璃一样的眼睛盯着我。

地球不转了。时间也已停止。

富尔曼还清了债。

欠债令人难受，人情债比起来则更加可怕。而两者如果凑到一起，那就会要了你的命。

最硬的硬币

我口袋里随时都得备有五毛钱，这是一条不成文的法规。可有天早上，这五毛钱被我花光了。我站在停车场的投币式计时器旁挠着头，不知如何是好。如果有领导经过，能跟我待一会儿，我掏五十块钱都舍得。我塞进一枚大面额的钢镚儿，那固执的机器死活不认。

"五毛钱吧？"突然，在我右侧传来一个男人的声音，"我看看……"

我转过身，发现是工程师格里克。格里克站在路边，一只手在口袋里摸索着。

"给你。"

我接过他递过来的五毛钱，迅速塞进那台贪婪的停车计时器的嘴里。真不知道该如何感谢他。我把那枚大面额硬币递了过去。

"哦，别这样，"他说，"不就五毛钱嘛，小事情。别在意了。"

"您等等，我去报刊亭换个零钱。"

"好了！您别这样。以后您会找到办法还我的。"

他这句话让我想了好久，越想越不是滋味儿。"会找到办法"，什么办法？他这是话中有话呀。为了保险起见，我路过一家花店时顺便进去买了一束康乃馨。十朵扎在一起的一束。我给了店老板格里克家的住址，让他把花送了过去。绅士都这样，我觉得礼仪还是少不了的。

我等着格里克或者他的家人给我打个电话。倒不是因为我非要听他们道声谢谢，可是总得……都晚上了，还没有接到一个电话。我打电话到花店，老板说下午四点半花就送过去了。出什么事儿了？我无法忍受这种悬而不决的状态，便给格里克家拨了一个电话。

工程师格里克本人接的电话。我们俩分别举着话筒，说了很久，说到阿什杜德新建的港口，又说到最近刚组建的内阁，等等，我忍了十五分钟终于忍不住了。

"哦，对了，"我说，"您夫人收到花儿了没有？"

"收到了。我觉得拉宾不应该屈服于宗教团体的压力。毕竟，他已经明确具备了行使权力的资格……"

又说了一长串儿。我两只耳朵都开始发烫了。显然，这束花肯定出了什么问题。打完电话，虽然已经筋疲力尽，我还是跟我家的小女人提起了这件事。

"当然有问题，"小女人一针见血，"换了我，我也会觉得你是在侮辱人。现在谁还送康乃馨？市场上没有比那更便宜的花儿了。"

"可我一下子送了十支。"

"别再提了，你丢人丢到家了。他们会说我家人是铁公鸡的。"

我的脸唰的一下变得通红。你怎么骂我都行，就是不能说我吝啬。第二天一大早，我下楼到书店里，买了一套丘吉尔的五卷本大部头《第二次世界大战回忆录》，给格里克寄了过去。

一天过去了,还是没有接到一个电话。我有些熬不住了。我拨通他家的电话,可没等接就又挂断。过了一阵儿,我再次拨通他家电话,还是没等接便挂断了。是不是因为他们不知道书是我寄的?"不可能!"书店老板很有把握地说,"我在包裹上写得很清楚,是您送给他的礼物。"

整整两天,我都是在神经紧张的状态中度过的。到了星期二,书被退了回来,还附有一张便笺。

"亲爱的朋友,"工程师格里克写道,"您什么时候才能明白,本人于一九八二年十一月十五日上午对您的一点儿小帮助根本不需要您的回报?我那样做纯粹出于善意,出于帮助患难朋友的无私意愿。我那样做没有任何其他动机。我认为,您自己如果遇到同样的情形,也会义无反顾地出手相助。我这样做,得到的最大回报就是一种心安理得,说明在这个自私自利、惨无人道的世界里,我依然还是人类之一员。祝安!格里克。另:丘吉尔的书本人已经拥有一套了。"

我把便笺念给我的妻子听,声音有些颤抖。

"自然啦,"小女人说,"有些债拿钱是还不清的。你听我说,有些时候,你只要关注他,比任何礼物都管用。我给你说这些没用,你不会懂的。"

当天,我买了一套爱乐乐团一季的联票,寄给了格里克。

第一场演出的晚上,我站在胡伯曼大街的一个角落处盯着音乐厅的大门。他会不会来?我一手扶墙,一手揣在口袋里搓着一枚五毛钱的硬币。啊。他来了,还带着老婆。我悬着的心落了下来,兴高采烈地回到了家。我可不想欠别人的。苦苦熬了这么多天,总算可以轻松一下了。十点钟,电话突然响了。

"我们俩中途就走了,"是格里克空洞的嗓音,"演出太没水平了。"

"真是不幸!"我结结巴巴地说,"对不起。您那天帮了我大忙,我一心想着要报答您……"

"嗨嗨,老兄啊!"格里克打断我的话,"施舍是一门艺术。不要多想!不要算计!要一心一意。只需给予,不要考虑你给的是什么。拿我为例来说,那天看见您站在停车场的计时器前一筹莫展,我本可以说,这与我有什么关系?我自己没车,也不会遇到这类情况。假装没看见走过去不就得了?可我不是一个有心计的人。这人需要帮助,我当时就这样想的,而且钱包里也正好有一枚五毛钱的硬币。"

我像一朵没浇过水的花,突然就蔫儿了。我怎么就痴呆到了这个地步?我怎么就不知道施舍、给予,不要考虑给的是什么……

"格里克说得很对,百分之百对!"小女人任何时候都有绝对正确的意见,"你这些天把事情搅成了一坨屎,我看只有迈出决定性的一大步才能挽救局面。"

我们俩绞尽脑汁,想了整整一天。怎么办?给他买一套公寓房?把我公司的股权分出一部分给他?写份遗嘱,把他定为我唯一的继承人?突然,格里克刚才随口说的一句话提醒了我们。他是咋说的来着?"我自己没车",对了,就这句。我没记错的话,他就是这样说的。

"可我没有了车……也不行啊!"我颇为沮丧地自言自语道。

"让人家说准了,"小女人不屑地说,"欠债不还的铁公鸡!"

第二天,我把车仔细地清洗了一番,打了一个包,给格里克寄了过去。还附了一张便笺:"祝您一路平安!再次表示感谢!"

这次他电话里的态度好多了,虽然语气还是很克制。

"早上好!"他说,"对不起,还得打搅您一下,我没找到千斤顶。"

我的脸唰的一下红到了脖子根儿。千斤顶一年前被盗,一直没来得及买个新的。万一哪天格里克车开到路上突然爆胎,没有千斤顶,他会把我骂死的。

"马上!"我说。然后打了一辆出租,到五金店去买千斤顶。我可不想欠别人的!出租车刚到加法,就在罗斯希尔德大道上,我一眼认出了昨天还属于我的车。

车就停在一台计时器前面。

工程师格里克站在车旁,两只手在口袋里摸索着。

我大喊一声,跳出出租车,朝那个可怜的人冲了过去。

"五毛钱吧?"我问道,"我看看……"

格里克转过身来,吃了一惊。面色惨白,快要哭出声来了:

"谢谢不用了。我有,我有,我有。"

可他还是使劲地翻着几个口袋。我们两个人都喘着粗气,都知道这意味着什么。格里克双手发抖,把衣服口袋全翻了出来,可一枚五毛钱的硬币都没有。他那眼神,就像丢了魂儿一般,我至今记忆犹新。我慢慢将一枚硬币塞进了计时器的嘴里。

"还给您吧!"

才几分钟,格里克就老了好多岁,背也驼了。他拔出汽车钥匙,递到我的手上。爱乐乐团的联票,他也掏了出来。眼睛里含着泪水。晚上,一束花被寄到我妻子的手上。

这格里克,你还真是不能不佩服:一个输得起的汉子!

斯堪的纳维亚半岛上的某位王子曾大声疾问："吃还是不吃，这是个问题。"从那天开始，整个人类便绞尽脑汁寻找答案。今天我和妻子应邀去波默朗茨家，问题是："吃了再去，还是去了再吃？"

花生豆

"以法莲，你能肯定是去吃晚饭吗？"

"我觉得肯定是。"

我向小女人三番五次地解释说，如果我已经向你解释过，那肯定就是这么回事，可她还是三番五次地问。电话里，波默朗茨夫人再三叮嘱我星期三晚上八点半准时到她家，我再三表示感谢。挂上电话，我和小女人便开始反复琢磨她话中的意思。她没说要我们去吃晚饭，可也没说没有晚饭。

"邀请别人八点半去他家，还再三强调得准时到，怎么会没有饭吃？这怎么也说不过去呀，"小女人观点很明确，"这太明显了，就是请我们去吃饭的。"

我也是这样想的。如果没饭吃，他们会说"过了八点再来"或者"八九点左右来就行"，而不会那么肯定地说"八点半准时到"。而且，波默朗茨夫人尤其强调"准时"二字，我还感觉到她说话的口气里散发着饭香味儿。

"不会没饭的。我敢肯定。"

我建议提前给波默朗茨夫人打个电话,顺便问问她是否要准备吃的,可小女人反对,她说这样问很不礼貌。星期三,我们俩都忙了一天,中午各自胡乱塞了几口三明治,天还没黑,肚子就开始咕咕叫了。可小女人坚持说,忍一忍,到了波默朗茨家再吃。

"我了解这家人,"她说,"他们若要做饭,一定会把你吃得撑死的。"

我眼前立刻闪现出一桌子的烤肉、火鸡、沙拉、薯条和形形色色的开胃冷盘,摆得整整齐齐。只是这么多菜,大家可能会没时间聊天。那不要紧,吃完后,一边品酒,一边聊天也未尝不可。

我们俩准时到她家,可马上发现有些不对劲儿。其他客人一个都没来,波默朗茨两口子还在卧室里穿衣服。小女人和我同时不无焦虑地瞅了瞅客厅,没有一丝要吃饭的迹象。一张茶几,围着几把椅子和一张沙发,茶几上摆着一大盘花生豆、杏仁儿、葡萄干,还有几颗乌黑的橄榄、白色的干酪、一根黄瓜、几根盐棒,一个小碟子上放了几枚牙签。我脑海里突然闪出一个念头,打电话时或许波默朗茨夫人说的是八点四十五,而我却听成了八点半,也有可能她根本没有提时间,只是我们俩当时正在谈论费里尼的电影《八又二分之一》?

"您喝点儿什么?"

波默朗茨先生一边系着领带,一边走进客厅。他倒了两杯约翰·柯林斯鸡尾酒递给我们。味道还真不错,三分之一白兰地,三分之一苏打水,三分之一冰冻果子酒。我们平时也常喝,只是今天原本想的是大餐,所以碰杯的时候,虽然很热情,脸上满是笑容,可胃里总觉得又冰冷又空洞。

"Lechaim！"波默朗茨先生用希伯来语说了句干杯，又说，"您对萨特有什么看法？"

我抓起一把花生豆，开始分析存在主义对当下人生的影响。可时间不长，就感觉身体里空得厉害。我个头大，消耗大，几把花生豆和杏仁儿似乎没起多大作用。我家小女人情形跟我差不多，那几粒黑橄榄已经没了踪影，现在她正用牙签使劲儿地戳着干酪。当我们谈到美军炮打卡扎菲上校时，茶几上就只剩下一根黄瓜了。

"对不起，"波默朗茨夫人扬起眉毛，笑着说，"我再去端些过来。"

她把被我们俩糟蹋过的盘子端进了厨房。她打开厨房门的那一瞬间，小女人和我都不约而同地转过脸朝厨房望去，无望地望着，希望会有什么正架在炉子上呼呼地响。结果让人恐惧。厨房里清爽宁静，没有一丝烧烤的迹象。这时候，又有几位客人走了进来，我看了一眼钟表，九点一刻。我的胃突然发出一阵悲惨的叫声，声音很大，让我羞愧难当。我把第二盘花生吞了进去，胃不喊了，可我感觉有些不适。倒不是因为我对花生过敏，相反，我很喜欢花生，花生富含蛋白质，营养很高，只是它不能当面包吃。

我抬头看了一眼我家的小女人。她正用一只手捏着自己的喉咙。显然，黄瓜和葡萄干合伙儿在跟约翰·柯林斯打架呢。我抓起一把白干酪喂进嘴里，似乎还没来得及咀嚼就下肚了，我怀疑有根牙签也被卷进了肚子。波默朗茨夫人奇怪地看着我们，跟丈夫交换了一个眼神，又进了厨房。

"哎呀，"不知谁在我旁边说，"最近失业率一天比一天高。"

"是啊,"我说,"政府不让我们吃饭啊。"

我嘴里塞满了盐棒,说话说不清楚。真是的,我们两口子饿成这样了,哪里还有心思听你讲什么失业率?我家小女人吃完第三盘花生豆的时候,主人脸上开始露出恐慌的表情。波默朗茨从壁橱拿出几粒太妃糖,几秒钟就全部溶进了我们的肠子。你得知道,从一大早,我们俩就没有吃过像样的饭。盐棒进了嘴,迟迟嚼不烂,像柱子一样撑在里面,所以说起话来很不方便。我的肚皮变得鼓鼓的、硬硬的,头也开始晕了起来。据保守估计,我已经吞下了四磅花生豆①、好几听的干面棒和整个咸海里的盐。我不自控竟然到了如此不知羞耻的地步!打嗝打得不停,时不时发出令人不适的呻吟,眼前开始出现幻觉。小女人吃光了一大盒太妃糖,嘴里不说,可眼睛还在四处扫描。波默朗茨夫人又去了邻居家,端来一盘橄榄果。我只要看到花生,只要有人提到花生两个字,就忍不住想吐。现在什么都吃不进去了,索性想也别想。

"先生们,女士们,这边请!"

波默朗茨先生打开另一间屋子,中间摆着一张特大号餐桌,雪白的桌布……盘子……杯子……天哪!

波默朗茨夫人推着小餐车,上面有火鸡、蘑菇汤、薯条、芦笋、沙拉……堆得像座小山。

"请各位就坐!"

随后发生了什么,我一概记不得了。

---

① 1磅约为0.45千克。

保姆经济学

我觉得没有必要专门介绍雷姬娜·弗莱什哈克。不管从哪个角度讲,她都是一名合格的保姆,是国家保姆协会的优秀代表和楷模,一颗明珠。守时、忠诚、说话细声细气、对付尿布得心应手。我家爱弥儿没有任何抱怨她的理由。弗莱什哈克女士可谓完美无缺,应该说差一点儿就完美无缺。这唯一的缺憾就是住得太远。她家住在火龙沙漠中心地带的英雄山,交通极不便利。先得搭乘小面包出租车来到中央汽车站,再转乘另一趟小面包出租车。赶不上出租车的时候,就只好挤大巴。大巴人多,不一定能抢上座位。每站必停,耗费很长时间。所以等到了我家,她就已经软成一摊泥了。她嘴上不说什么,可眼睛里分明充满了责备。

"又没赶上。"

每次到了晚上八点,我和妻子就开始祷告,愿上帝慈悲,不要让她误了出租。有时候还真能起作用。可想想未来,日子还长着,况且没有哪个女人能代替雷姬娜·弗莱什哈克。她要是不住在英雄山该有多好!还没电话!

我啰唆这么多,想说什么?

我想说说前几日某个晚上发生的事儿。那天,我们打算八点半出门,去看一部晚场电影。这之前几个小时,我一直忙着写几封重要的信。天气不好,雨水太多,所以我写起来也拖拖拉拉。八点半,老练的保姆准时赶到,她没说话,但那眼神很明确,她又没赶上出租车。

"我一直在跑,"她上气不接下气地说,"别人还以为我疯了。"

每逢这种情况,我们最好立刻动身,滚出我家,把这个家连同爱弥儿一起交托到她的手上,这样才能证明弗莱什哈克夫人一路马拉松苦有所值。可是,我刚才说了,那天我打字机不出活儿,几封信怎么也写不完。五分钟后,我书房的门被一把推开。

"你还在这儿?"

"就几分钟……"

"既然这样……既然你不急着出门,为什么要我像个疯子一样地赶路?"

"我们……马上,马上就走。"

"既然不出门,你叫我来做什么?"

"钱一分不会少你的,即使……"

"没必要给我钱!"雷姬娜·弗莱什哈克说起这话来斩钉截铁,"我不干活儿的时间,不会白拿你们的钱。下次叫我之前想仔细了。"

我二话没说,抓起打字机逃了出来,钻进对面的甜食店,写完了这几封信。一开始打字机的叮当声引起了甜食店顾客们的极度不满,可一会儿,他们的耳朵便习惯了。

那晚,电影也没看成。我家小女人主意变得很快,提议这三个小时,家有保姆,干脆就在大街上转转。特拉维夫夜景很美,尤其是海边、北郊、加法和阿布·喀布尔平地。到了午夜,我们俩拖着沉重的步伐踏进家门,支付了说好的三十六块钱,打发弗莱什哈克回家。

"哪天还需要我?"走前她问道,眉毛抬得高高的。

我家的小女人只是看着我,想让我马上决定。可是这得谨慎才是,稍有疏忽……我说了,弗莱什哈克没有电话。说定的日子绝不能反悔。我再说一遍,她住在英雄山,出行很不方便。

"后天?八点如何?"她问道。

"好吧,"我咕哝了一声,"我想……我们俩会去看场电影的。"

上帝的安排往往隐而不露。

到了那天晚上七点,我的脊背突然疼得要死,还有些发烧。我忠实的妻子坐在我床边,一副担惊受怕的样子。

"你得起来,"她打着响指,说道,"她随时会到。她一到,我们就得马上出门。"

"你看不见我病了吗?"

"挣扎着也得起来。看在上帝的分儿上,你得起来!她赶了那么远的路,却发现又白来一趟,你让我脸往哪儿放?"

"我有些头晕。"

"我也头晕。吃一粒阿司匹林吧。快些,快起来!"

雷姬娜就像一台瑞士钟表,八点整准时进门,进来时还喘着粗气。

"您好!"她沙哑着嗓子说,"又没赶上……"

我满怀恐惧地穿上衣服。如果她能赶上出租车,我倒可以跟她商量商量,可是她是挤在大巴上摇来的,我哪好意思再对她说些什么！我俩匆匆出门。到了门口,我差点儿摔倒,扶着墙才没出事。我很痛苦,肯定是流感。怎么办？看电影显然不行了,这样的身体哪能进电影院？

我们俩钻进汽车,我躺在后座上。我个头大,车太小。"上帝呀！"我痛苦地喊道,"我感冒这么严重,为什么非得窝在汽车里？为什么呀？"上帝没有理我。上帝还让我患上了严重的幽闭恐惧症。七十五分钟后,我再也无法忍受了。

"老婆,"我有气无力地说,"我想到床上去睡觉。"

"这么早？"小女人在车内的黑暗中吃惊地叫道,"才一个半小时。你难道忍心让她从英雄山跑一趟,就干这么短的时间？"

"我不指望她干什么,"我声嘶力竭地叫道,"我不想因为一个保姆而让自己死在外面！我还年轻,人生多美好。我不想死！我想睡觉！"

"忍着！再等二十分钟。"

"忍不了了！"

"这样吧,"到了大门口,小女人想到一个很妙主意,"咱们悄悄溜进去,别让她听见。进门后就去卧室,不要做声。"

这办法听着不错。我说行。我们打开门,踮着脚尖慢慢地往里走。我书房的门缝里射出一束灯光。弗莱什哈克就在我书房里！我们俩大气不敢出一声,沿着屋子里的各种拐角,向卧室一点一点挪着脚步。

"谁？"突然灾难降临！雷姬娜在书房大声喊道:"什么人在那儿走来走去？"

我打开灯。

"是我们，"小女人立刻回答，"以法莲给别人准备了一个礼物，忘了带。"

什么礼物？小女人狠狠瞪了我一眼，走向书柜，只犹豫了不到半秒钟，便取出一本《一六一六至一九八五年的英国戏剧》。说了声对不起，赶紧出了门。站在门廊上，我又一次差点晕倒，这一次我似乎还能看见眼前红色的斑点上下翻飞。一颗老牙也开始作祟。我扑通一声坐在马路牙子上，哭出了声。

"我刚才只能那么说，"小女人冰凉的小手搭在我滚烫的额头上，说道，"再过一个小时，或者两个小时，咱们就可以上床睡觉了。"

"不知道我还能不能活到那时候，"我咬紧牙开始发誓，"如果我还活着，咱们搬家吧，搬到英雄山，搬到弗莱什哈克夫人家对面。"

一个半小时后，我对小女人说我想再冒险试一次。

第一次进门的尝试虽然失败，可也是个教训。这次我们更加谨慎。大门没有发出很大的响动。书房的灯光还亮着。进了卧室，关上门，平躺在床上，看着钟表的指针一步一步走向十二点。

接下来发生了什么，我一点儿都记不起来了。

"以法莲，"我突然听到小女人的喊声，遥远得就像来自某个沙漠的深处，"五点半了！"

她狠命地摇着我的肩膀，窗外已大亮。我睁开惺忪的眼睛。感觉几个世纪以来都没睡过这么香的觉。可我们天才般的策略竟要导致可怕的后果。

"得让雷姬娜回家了。"小女人若有所思。

说完，她出了卧室的门，走进隔壁爱弥儿的房间。

两秒钟后，小家伙的屋子里传出杀猪般的号叫，叫声差点把屋顶震了下来。小女人一个箭步冲了出来。

"你把他掐醒了？"

"对呀。"

雷姬娜·弗莱什哈克拖着庞大的躯体嗖的一声冲进了爱弥儿的卧室。趁着混乱，我们俩走向大门口，出去，转身，进来，边走边喊："早上好啊！"

"你们能玩到这个时候才回家吗？"雷姬娜眼睛红红的，怀里抱着愤怒的爱弥儿，又问，"你们去哪儿了？"

"通宵狂欢。"

"现在的年轻人哪！太不像话了。"雷姬娜摇着头，递给我账单。一大早清爽的空气中，雷姬娜匆匆赶往小面包出租车站。我敢说，她又没赶上。

管道工跟救世主有何区别？救世主总有一天会来，而管道工你等多少个世纪也不会出现，除非你举着枪顶在他的脑门上。我家滴滴答答的水龙头的命运只能看谁扣动扳机时手指头更麻利一些。

管道工

几天前，我家厨房水管肠胃不适，上吐下泻。小区里只有一位管道工，姓苏达克。我急急地找到他，想让他来给诊断治疗。他夫人在家，说她会把话带到，让他中午左右赶往我家。中午过了，他还没来，我又跑了一趟。他夫人在家，说先生一会儿就回来，可是不能去我家，因为他另有安排。晚饭前一定来。

早过了晚饭时间，苏达克还不见影子，我便又去了他家。家里没人。邻居说苏达克两口子有可能是去看电影了，但也不能确定。我写了一张纸条，塞进门缝，请他明天凌晨务必过来一趟，因为水龙头已经漏得不可收拾了。

第二天早晨，还是没见人。我急忙赶到他家，苏达克正要外出，我把他挡在门口。他说他本来正要去我家的，可既然我来了，能不能同意他中午过后再去我家，因为他得去一趟市政府办件急事。他说一点吧。我问一点半如何，他说那绝对不行。要么一点整，要么就算了。

我等到三点，他还没来。我又来到他家。他夫人在家，她说她一定替我把话带到，还会催一催。我问苏达克夫人您觉得您先生什么时候能到我家，她说只要一回家马上就去你家。现在他正在厂子里加班呢，工头病了，苏达克得替他看着。

我在家等了两个小时，还是不见苏达克的影子。我又来到他家。苏达克正在吃午饭，他说对不起，一直忙着。他马上吃几口，吃完就到我家。

我等到傍晚，他还没来。我又赶到他家。家里没人。我坐在他家门口的台阶上等着。他们两口子回来的时候已经过了半夜零点。我问他为什么不愿修理我家的水管，他说一直忙着，不过我不必担心，他明天一大早七点半保证准时来。我问七点如何，他说不行，那绝不可能。争来争去，他答应七点一刻。

我等到十点，他还是没来。我赶到他家。他夫人在家。她答应一定把话带到，只要一回家，立刻就让他去我家。我转身没走几步，她追了上来，问我叫什么名字，找她丈夫有什么事情。我说我家厨房水管漏得厉害，请苏达克先生尽快来修理一下。苏达克夫人说，既然她丈夫答应来，那肯定就会来。她丈夫从来说话算数。过了中午，还是没有苏达克的影子。我又来到他家。苏达克正在吃午饭，他说他吃几口就来。

"苏达克先生，"我说，"我看着您吃饭，吃完咱俩一起走。"苏达克细嚼慢咽，然后站起身来，打了个哈欠，说对不起，他有饭后午睡的习惯。说完进了隔壁的房间。我坐在他家门廊的椅子上，一直坐到七点。苏达克夫人说对不起，她丈夫早早就走了，从后门出去的。她会把话带到，说我一直等着他。

跑来跑去有什么用呢？我索性坐在他家。苏达克九点回家，说对不起，由于天气不好，他把我的事儿忘得一干二净。你找我有何贵干？我说你若不愿意，趁早说，我去找别人。稍远的地方也有管道工的。"我怎么会不愿意呢？"苏达克说，"我就是干这个的，我就是靠这吃饭的。"他说以他的名誉担保，明天七点他准时到我家。一个晚上跑不了多少水，不要紧的。

出于本能，我五点不到就来到苏达克家门口。刚五点，他便走了出来。还是正步！今天是后备军人训练日，他得早早赶往市政府的训练基地。那我跟你一起去吧，我说。

训练基地人很多，我两只眼睛一直死盯着苏达克。我也跟着参与训练，各种高台爬上爬下，还学习拆卸了几颗地雷。回家路上，他说他得换身衣服，总不能穿成这样去你家吧？换好衣服马上来。

我等了半晌，不见苏达克来。我急急赶往他家。他夫人在家。她答应一定把话带到。天黑了，还是不见他的影子。第二天一大早，我上街买了一把二手手枪，揣在怀里。等到中午，苏达克回到家里，照例得午睡一会儿。我问他我可否用手铐把他的左手跟我的右手拴在一起。他说随你的便。

我们俩并排睡了半个小时，起床后朝我家奔去。路上，苏达克挣脱了手铐，跑了起来。我朝他开了一枪，他朝我开了一枪。他的枪里只有一颗子弹。子弹用完了，他举起双手向我投降。随后跟着我来到我家，修理了水管。

第二天早晨，龙头又开始滴滴答答漏水了。

我国人民之所以喜欢大象，原因在于国家太小，还天天与邻国打得不可开交，自然对于弱者存有一种天然的同情。但是我们对于弱者的同情是有条件的，那就是他不能随地乱撒尿。

喜欢在红地毯上撒尿的小猪猪

小猪猪是我某个冬天的早晨发现的，就在我家后院里。那时候我家后院还颇像一个优雅的花园。大约五点半，人们都还沉浸在梦乡里。当然政客们除外。政客们都有早起的习惯，因为政客们若不勤快，这地球就有可能停止转动。我突然听见我家威尼斯窗帘外有一阵绝望的叫唤声。我还睡眼惺忪，打开窗帘朝外望去。就在花园中间，一条小狗正在用他的小爪爪刨着土，嘴里还嚼着我花园里的嫩草。显然牙还没长出来，所以很费劲儿。小狗真小，浑身泛白，四条腿还不能协调地动弹。我看不出他是什么种。我正打算关上窗帘，我家小女人醒来了。

"什么呀？"

"一条小狗。"

"哇，肯定很可爱。"她竟然一点瞌睡都没了，"快让我看看。"

我打开门。小狗摇摇晃晃地走了进来，在我卧室的红色地毯上撒了一泡尿。

我可不希望谁在我的红色地毯上撒尿。我一把抓起小狗扔了出去,上帝抚育万物,应该不会让他饿死的。可这小狗竟然尖叫起来,邻居托斯卡尼尼夫人听见了,穿着睡衣跑了过来。她给我讲了一通大道理,让我收养这个可怜的孤儿。她强调说,狗是这世间最忠实的生灵,也最聪明、最爱干净。她还说,这世界上能与人做朋友的只有狗,能跟狗有一比的,可能也只有咱们的政府了。

"好啊,"我说,"既然您那么爱狗,您就带回家养着吧。"

"你是不是看我疯了?"托斯卡尼尼夫人眼睛瞪得大大的,说道,"你觉得我的麻烦还不够多吗?"

这小狗就这样被我们收养了。全家开了个小型会议,做出决议,给他起名叫小猪猪。可能因为他的耳朵上有褐色的斑点,也可能因为……我一时想不起来了。没过几天,小猪猪就正式荣升为我们家庭的成员,而且博得了全家人的喜爱。说老实话,小猪猪从来不挑食,见什么吃什么,收音机的天线、我儿子的闹钟。邻居家花园里的死耗子、死兔子也常被他拾掇回来。从情感上说,这小家伙跟我们如胶似漆,形影不离,我们一进家门他就会摇着尾巴追上来,尤其是看见我手上的匈牙利蒜肠,那小尾巴便像我家钢琴上的节拍器一样,摇得停不下来。时间不长,我还教会了他几个重要的口令。我说:"蹲下!"他便会翘起耳朵,伸出舌头舔舔我的脸。我说:"跳!"他便会用两只小爪子挠挠肚皮。我说:"爪子伸过来!"他便一动不动,装死。总之,小猪猪不是那种毫无原则听命于人的哈巴狗,他更像一条具有独立精神、聪慧的成年狗。

可他一直在我的红色地毯上撒尿。

他尿很多,而且只在红色地毯上撒尿。

怎么会这样呢?

我们也无从知晓。根据心理学的基本原理,这应该来源于他刚出生时的经验。小猪猪极有可能出生在一块长满罂粟花的地里,红色是他来到这世界上首先看到的颜色。所以,虽然我家那块红色地毯价值连城,可他还是必须到它上面去撒尿,否则对他来说无异于世界末日。

原因并不要紧,要紧的是那块地毯很值钱,而尿渍却很难洗得干净。

很自然,我不能容忍小猪猪这奇怪的行为。几周后,我开始对他进行系统的卫生训练。

"禁止在地毯上撒尿!禁止,你明白吧?"只要我发现他朝红色地毯走去,我就会这样训斥他。如果他一时疏忽跑到了花园里撒尿,我就会好好夸赞他一番,摸摸他的毛。不过,这时候的花园已经不能再叫花园了。小猪猪长出了牙,所以花园被他改造成了一片戈壁。我这两种不同的态度和行为在小猪猪的思想中造成了这样的印象:我是一位情绪多变的神,同样是撒尿,我却有全然不同的态度,一会儿怒不可遏,一会儿喜笑颜开。人类真是一种捉摸不透的物种!

过了几天,我不得不承认,小猪猪光靠他自己的觉悟是无法懂得基本的卫生常识的,我得有意识地去培养他,去改掉他那幼稚的毛病。我计划从颜色着手,让他改掉非红色不尿的习惯,然后再引导他出门解决问题。我拿来一块灰色地毯覆盖在红色地毯上,逼着他在上面撒尿,随即奖励他半瓶奶油。一周后,他便习惯了在灰色地毯上撒尿，我长出一口气，觉得这番苦心还是有效果的。我将灰色地毯向门外移了过去，可让我没想到的是，红色地毯刚露出来，他就兴高采烈地扑上去，美美地撒了一泡尿。那个得意劲儿，真像遇到久违的朋友一样。

我又想，人类热爱大自然，狗狗也应该有同样的本能吧。我买了一条绿色绳索，每天傍晚牵着他去十公里外的希望之口散步。一路上，小猪猪表现出极其顽强的忍耐性，宁肯憋着，肥水绝不流到外人田里。回到家门口，便一个箭步跳到红色地毯上，心满意足地哗啦一番。

我推测他这种行为应该源于一种非常复杂而且根深蒂固的心理作用，需要采用强硬手段才可以收到成效。我说我不能再忍受下去了，必须来点真格的。我家的小女人说她信奉法国哲学家卢梭的观点，即大凡出自天性的行为都具备美的品质。小猪猪喜欢红色地毯，大概是天性使然。

可是，智慧包罗万象，无所不及，天性哪能与之相比！

有天早晨，托斯卡尼尼夫人来到我家，将一大堆光骨头施舍给小猪猪。于是我顺便提到了他在卫生方面的糊涂之处。

"你缺乏教育的基本常识，"托斯卡尼尼夫人说道，"他每次弄脏这块红色地毯，你只需刮刮他的鼻子，拍拍他的屁股，将他扔出窗外。他就记住了。"

虽说我极力反对体罚，但还是照着托斯卡尼尼夫人的吩咐做了。小猪猪爬上地毯，撒一泡尿，我便刮刮他的鼻子，拍拍他的屁股，将他扔出窗外。帮助小猪猪改掉坏习惯成了我每日必做的功课，比我干工作还尽心。他一天尿几次，我便做几次这门功课。慢慢地,渐渐地,还真有些收获。人为的训练的确能够改变天性。现在,小猪猪养成了这样一个习惯:他还是在红色地毯上撒尿,但结束后马上从窗子跳出去,用不着我协助。然后站在窗外的草地上,哼哼唧唧地等着我出来给他嘉奖。

"爱你的邻人,就像爱你自己。"希伯来戒律就是这样说的。荒唐至极!换句话说,即己所不欲勿施于人。听上去不错,有人的地方都会有这句话。遵循这条律令,就得记着,千万不要借钱给别人,你自己也不愿意欠别人的,对吧?

侮辱与伤害

9月7日

今天我在过道里遇到艾达贝尔·托斯卡尼尼。他一脸的沮丧。起因似乎是这样的:他想从比亚拉祖凯维茨手里借一百块钱,他说过不了几天就会如数归还。可那个可恶的吝啬鬼、那个恶魔、那个不要脸的疯狗竟然这样回答他:"钱我有,就是不借给你。"

看看吧,我们竟然堕落至此!这腐臭的世界里,连那一丝丝的君子风度都消失得了无踪迹。"我有呢。"我说,随手递给托斯卡尼尼一百块。"这世界上好人还是有的,"艾达贝尔竭力控制住快要掉出来的眼泪,低声说道:"您放心,半个月后我保证还您。"

我家小女人说,你真正一个白痴!我解释道:"我不想与托斯卡尼尼结怨。"

9月18日

在艾伦比街上碰到了艾达贝尔·托斯卡尼尼。我们俩并排走了一段路,我刻意避免谈起他借我钱的事情,可过不了一会儿,托斯卡尼尼自己倒火冒三丈:"别睡不着觉了,不就一百块钱吗?我会还你的,一分不少。我说半个月后还你,时间还没到呢,你他妈的就这德行?"我急忙说,小事一桩,别为此生气了。他接过话头,说我跟其他人没有什么两样,说完就转过身走远了。

10月3日

里约咖啡馆里出了一件很让人痛心的事儿。艾达贝尔·托斯卡尼尼和比亚拉祖凯维茨面对面坐在一张桌子边上,可艾达贝尔远远地盯着我,盯了好长时间。显然他已怒火中烧。我尽量做出一副漫不经心的样子,没想到反而火上加油。过了一会儿,艾达贝尔离开自己的桌子,大踏步向我走了过来,说道:"好啊你!"他声音很大,满屋子的人都能听见,"我不就是晚了几天吗?世界末日来了不成?你别用这种眼神看着我,就像我是个杀人犯似的。"我说:"千万别,千万别这么说!"他又说了几句不堪入耳的话。我感觉事情闹大了,越来越复杂。我家的小女人说:"我不是早跟你说过吗?你等着瞧,可怕的还在后头呢。"

10月11日

据我听到的可靠信息,托斯卡尼尼在全城散布谣言,大概意思是,我染上了毒瘾,已经不可救药了。两位女律师正向法庭起诉,指控我有婚外私情,而且正在做亲子鉴定呢。不用说,那全是屁话！谎言！吸毒？我连烟都不抽。我家的小女人说，算了吧，为了你的心理健康，那一百块钱就不要了。

10月14日

今天在电影院门口排队时又碰到了托斯卡尼尼。他的脸变成了铅灰色，眼窝深深的，眼珠子像充了血一样，脖子上的肉一抽一抽，极不自然。"艾达贝尔，您听我说，"我心平气和地对他说道，"鉴于近来不景气的经济状况，咱们就把借钱的事儿忘了吧。这样可以吧？"托斯卡尼尼顿时跳了起来："什么都不能忘！"他咆哮道，"我不需要你发慈悲！你把我看成什么人了？一块抹布，是不是？"我真还没有见过他发这么大的火。比亚拉祖凯维茨不得不拉着他，他才没有朝我扑过来咬我一口。我电影没看成，一口气跑回家。小女人说："我说准了吧？"

10月29日

碰到好几个人，都问我是不是申请了加入红卫兵，但因为体弱多病而被拒绝。造谣！我知道这谣言是谁散布的。上周竟有莫名其妙的人朝我家窗玻璃上扔石头。全城的人都在议论，说我和托斯卡尼尼已经不共戴天。前天，我刚走进里约咖啡馆，托斯卡尼尼就朝我扑了过来，大喊道："什么样的人都能来这馆子吗？这难道是叫花子收容所不成！"店主为了避免事态闹大，把我推了出去。"铁公鸡！"艾达贝尔在我身后一个劲儿地骂着，"吸血鬼！"我家的小女人可真是说准了。

11月8日

今天,我表弟艾拉达尔,也是跟我关系最亲密的一个亲戚,来我家,问我能否借他十块钱。"钱我有,就是不借给你,"我说,"你走吧。"我喜欢这个表弟,所以不想把他变成仇人。内务部的人已经找我麻烦了。他们说我有雅利安人的血统,还没收了我的护照,这下想跑也跑不了了。我家小女人早就警告过我,可我没听,事情到这一步,她只好把我关在家里,禁止我单独出门。

我找到一位心理医生。他解释道:"艾达贝尔·托斯卡尼尼心中怀有强烈的负罪感,所以视你若仇敌。这是一种典型的仇父情节,只有当儿子杀掉父亲,这个结才能解开。按照古代惯例,父亲也愿意以死来达成和解。您这情况再明显不过了。"我说我还年轻,精力充沛。心理医生进一步分析说,只要这一笔债务还在,也就是说,只要他还不起你的账,托斯卡尼尼对你的仇恨和怒火就永远不可能熄灭。"您可以考虑匿名寄他一笔钱。"我立刻行动,从银行取出五百块钱,偷偷地投进托斯卡尼尼的邮箱。

11月11日

又在艾伦比街上碰到了艾达贝尔。他朝地上吐了一口痰,话也没说,只径直走他的路。我找到心理医生,汇报了这个情况。"唉!"他叹了口气,说:"我们尽力了,可也失败了。"有可靠消息说,艾达贝尔买了一个跟我很像的布娃娃,每天一大早就开始用针戳它。我报警了,可警察说,这事儿他们管不了。我天天感觉背上有被针戳的疼痛。

11月20日

昨晚门外有人大声说话。我跪在床上痛苦地祈祷："万能的上帝！我做错了一件事，大错特错！我把钱借给一位以色列朋友。我是不是得永远忍受我的疯狂所带来的恶果，直到死亡？我有没有摆脱这悲惨处境的方法？"一个慈父般的声音从头顶传来："没有。"

12月1日

针戳的疼痛从背部延伸到前胸。妻子扶着我病恹恹的身体，我拖着作为仇父情节牺牲品的双腿，来到一家声名显赫的私人诊所。在一个角落，我迎面碰上了比亚拉祖凯维茨。"以法莲，"妻子低声向我说道，"他不就是最理想的父亲形象吗？看他那头颅，典型的父亲头颅。"终于有一线希望了。

12月3日

里约咖啡馆门前。我朝托斯卡尼尼迎了上去。趁他还没有出手，我急忙说："多谢那笔钱。比亚拉祖凯维茨已经替您还请了账。他不让我对您说这件事儿，但我觉得您一定得知道，您有那样一位贴心朋友。所以从今天起，您不再欠我一分钱了，您欠的是比亚拉祖凯维茨的钱。"艾达贝尔硬邦邦的脸顿时软了下来，说道："比亚拉祖凯维茨真的很够哥儿们！"他一边说，一边竭力控制自己快要掉出来的眼泪。"过不了几天我就会把钱还给他的。"

我得救了。

1月22日

艾达贝尔和我搀着胳膊走进电影院。他说:"比亚拉祖凯维茨那条老狗最近看我的眼神怪兮兮的,我真想过去给他两个巴掌。我是欠他一笔钱,可那也不至于让他把我视作一块抹布吧?等着瞧,有他这老狗好看的!"

当然了,那是他们两人之间的事情,与我无关。

头发的故事

我去剪头发的那家理发店算不上地中海沿岸地区最豪华的,但它应该有的一件不少:三把椅子,三个洗脸盆,门口还挂着一个铃铛,有人进来就会叮当响几声。我第一次把铃铛搞响那天,接待我的是一位上了年纪的剃头艺术家,自己头顶上没有一根头发,亮闪闪的。他指着身旁那把椅子,说道:"请!"

我将自己交托给他,可忘了提醒他,他只需稍稍地修剪一下,我喜欢自己飘逸的长发。他点了点头,似乎明白我的意思。十五分钟后,他递给我一面镜子。我变成了刚从监狱里放出来的犯人!他的双脚踩着我的长发,脸上露出满意的微笑。大屠杀结束了,秃头艺术家很亲昵的对我说他不是老板,我便又拿出几枚钢镚儿,算是小费。出门后,心中自是不悦,但又觉得情有可原。他把我的头剃了个精光,应该是有一定的心理基础的。自己头顶一毛不长,看着别人长发飘飘,哪能不生怨愤之心!我发现他姓格林石盘。这姓氏放在他身上真是恰到好处。

两个月后,我基本恢复了人形,再次踏进这家理发店。格林石盘正在为一位官员做卷发,旁边一位精瘦的男人闲着。他戴着近视眼镜,站在一把椅子旁。我看了他一眼,他看了我一眼,指着椅子说:"请!"

当时我真不想把我的头交托给一位新手。秃子格林石盘毕竟替我理过一次了。我陷入了沉思,那个可怜鬼,肯定不知道该怎样处理我的头发,心里也正在盘算着呢,但我想他盘算盘算应该就明白了,所以便对瘦子说:"谢谢您。我还是等等您的这位朋友吧。"

瘦子满脸堆笑,给我脖子上搭了一条毛巾。

"我说了,"我又重复了一遍,"我等等您的这位朋友。"

"好!"瘦子说着,示意我坐下,"OK。"

格林石盘这才说出了真相:"他刚移民到这儿,"又压低嗓门儿,"听不懂希伯来语。"

听了这话,我的犹疑烟消云散。他是移民,而我们这个国家就是移民国家,一个熔炉,我绝不能对新来者表现出任何形式的歧视,不能因为他是外国人就去伤害他的自尊。我顺势坐到他的椅子上,用我的那一点儿罗马尼亚语解释说我不要剪得太短,我喜欢飘逸的长发。他只需把发梢稍微修剪修剪就可以了。他听得很仔细。可遗憾的是,秃子又告诉我,他不是罗马尼亚人,他是波兰人。阴差阳错,他给我的头上喷了很多香波,还洒了科隆香水。多余之举!老秃子绝对不会这么折磨我的,可谁让我坐在一位新来的年轻移民的椅子上呢!对了,他姓塔底乌斯。初来乍到,别说让我责备他,就是一个不满的表情,都会让他觉得是落井下石。

第三次一开始苗头不错。

铃铛清脆的响声把我请了进去。瘦子移民正在一位不知名姓的老者头顶上忙活着,格林石盘却像一只麻雀一样悠闲地踱着方步。我立刻坐在他的椅子上。格林石盘竟然脱掉了白大褂,说了句"好的!",镜子里的秃子突然间变成了一个陌生人,一个长着东方面孔的年轻人。后来我打听到,他叫马什叶。

"请!"马什叶说道,"剪一下吗?先生?"

又该我斟酌一番了。既然塔底乌斯已经在我头上做过一次实验,这次让他剪自然是顺理成章的了,为什么要把我的脑袋再给一位新手呢?可是在这种情形里,我如果拒绝,肯定会被看成是对东方人的偏见。我转身向格林石盘,他该出面为我打个圆场吧。没门儿!他用一张报纸遮着自己的脸,似乎在说:"先生,这是一个很残忍的世界。自己的决定自己做。"我也意识到,格林石盘虽然干活儿拿钱,可他在这店里没有立法权。

"我喜欢长发,"我对马什叶说,"您剪的时候一定得小心翼翼才是。"

"没问题,老板。"马什叶答道。没想到这马什叶还是个多话的男人,他一边为我理发,一边讲述他自己早年的故事,故事里夹杂着摩洛哥现代历史中的重大事件。让我又惊又喜的是,他是过去八年以来从我头上剪掉最少头发的理发员。

四月初,我又走进这家店。一进门就发现形势有些不妙。格林石盘正在为一个小个子阿飞做蓬松式发型,塔底乌斯和马什叶两人闲着无事可做,眼巴巴的盯着门口。我进来后,他俩又一起眼巴巴地盯着我。我不想在他俩之间选择,太难为情了,还是一走了事。可我刚转身准备出门,两个人同时站了起来,同时指着各自的椅子,同时说:"请!"

这不仅是一场困难的抉择,从人道主义立场上看,这是一场永远不可能有解决办法的宇宙难题。我若选择其中一位为我理发,另一位便只好引颈自刎了。

我还是选择了马什叶。

刚在马什叶的椅子上坐定,我就后悔了。塔底乌斯见我选择了马什叶,眼睛立刻罩上了一层雾,那感觉就像被人强奸了一样。当然,塔底乌斯这辈子肯定没有被人强奸的经历。他悄悄地转过身,朝女厕所方向走去。不一会儿,我们都能听见强忍着的抽泣声。我假装没听见,可心里那个难受,像刀戳一样。塔底乌斯晚上回家,几个饿着肚子的孩子会围上来,问道:"爸爸,你为什么哭①?"

塔底乌斯会这样回答:"他……找他,不找……我……"

马什叶今天也变得焦躁不安,手底下没了轻重,几乎把我整成了一个秃子。

发生了这样的事儿,我迫不及待地等着头发赶紧长起来,好给塔底乌斯一个补偿的机会。我让他受到了侮辱,我也得让他恢复尊严。这次我进门之前,先隔着玻璃看了很久,确保塔底乌斯没有其他顾客。我看他的椅子空着,一个箭步冲了进去。可就在这一瞬间,不知藏在什么地方的一个小孩突然冒了出来,就在我的眼皮底下抢占了座位。

马什叶慢悠悠地在皮带上挫着刀子,眼睛一刻也不离开我。塔底乌斯畏畏缩缩地躲着我,看样子还没有从几个月前遭受的屈辱中恢复过来。格林石盘那条蛇假装什么都不知道、什么也没看见。

我坐在长凳上,心里充满恐惧。谁会先结束,马什叶还是塔底乌斯?

---

① 原文为波兰语:dlaczego placzesz。

这次如果还是马什叶给我理发，对塔底乌斯来说便是致命的一击。这是再明显不过的了。有传言说，圣卡特琳娜修道院里某个修士从前就是给人理发的，据说还是从加法市最有名的理发店里出走的。

还是那位摩洛哥来的马什叶动作快，不过也只是比塔底乌斯快了几秒钟而已。马什叶打发走了他的顾客，塔底乌斯手里的那个小孩还有一绺头发没有剃掉。

"先生，请！"马什叶示意我坐下。

我鼓足了勇气，指着塔底乌斯，说道："谢谢。我等会儿。他马上就结束。"

塔底乌斯脸上放出了光彩。马什叶一个趔趄，差点摔倒。他扶在椅子背上，才慢慢站稳了脚跟。他那眼神，让我想到了中箭落在地上的大雁。

"可是，先生，"可怜的马什叶突然间结结巴巴的，话也说不清了，"先生，我，我……我已经结束了。到底是……怎么回事儿？"

塔底乌斯剃完了那小孩的头发。

三个人站在那儿，谁也不说话。

宇宙难题！

人被命运掌控，生不如死，死也不能！我平生第一次体验到这种无助。或许，一场悲剧就要发生，某个人会一命归天，谁也不为此负责。希腊悲剧不正是这样的吗？气氛紧张到无以复加的地步。波兰人嘴唇在抽动，鼻子歪到了一侧。我若向马什叶挪动半步，他就会轰然坍塌。

马什叶红红的眼睛盯着我，手中的刀在微微颤抖。格林石盘背对着我们，一声不吭地数着票子，但我能感觉到他的肩膀在颤动。他假装冷漠，那只是个幌子。他一直钟情于我，只是不敢表露。那是另一种执着。

我束手无策。

"你们定，"我咕哝道，"你们三个决定。"

可他们都一动不动地站在原地。格林石盘伸出胳膊，拧开热水龙头。三双眼睛盯着我，似乎都在说："我给您剪。"

该做出一个妥协性的决定了。三个人一起上阵？要么来一次俄罗斯转盘游戏，一个人为我剪发，另外两个自杀？只要能打破这僵局，怎么都行。

就这样站着，三个人，一动不动，整整二十分钟。也许是三十分钟。

塔底乌斯哭了起来。

"怎么办？"我低声问道，"你们到底决定了没有？"

"怎么都行，"马什叶嗓子都哑了，"你来做这个决定。"

三双眼睛盯着我。我走到镜子前面，一只手五个指头插过我满头的白发。才过了几十分钟，我已老了许多。我一句话没说，迈开大步冲了出去。自那以后，我再也没去过那家理发店。我也没去过别的理发店。我让我的头发肆意生长。

男人留长发从此变成了一场运动。这运动应该就是从三人理发店开始的。

全家出行的乐趣

说东道西，不管发生了什么，我还是得承认，结婚是件好事儿。我是说，哪怕你就像个奴隶一样忙个没完没了，但你知道你在忙什么。慢慢地，你积攒了一屋子机灵的小崽子，你用不着把时间浪费在布娃娃、鸡鸭和别人家的漂亮妞儿的身上了。总之，你走过很长一段路，彻底摆脱了貌似自由自在却孤苦伶仃的单身狗生活。说穿了，男人到底追求个什么？不就是追求一个女人，让她分担你的愁苦、倾听你的烦恼吗？所以他得结婚，然后就会有讲不完的故事。

本人最大的烦恼是全家出行。往往是，我开车走不了几步，我家的小女人就会尖声大叫起来。一般都是这样一个模式："红灯！**红灯！**"或者，"看前面的自行车！**看前面的自行车！**"

她只要喊话，无不每句成双。第一次是感叹句，毫无疑问。第二次还得是黑体字呢。多年前，我提醒过妻子，我还没有发生过一次交通违章或事故，我不到十岁就已经能上路了，她有两只眼睛，我也有两只，甚至比她还多一只呢，所以她用不着又是感叹句又是黑体字的来烦我。

可是，大约十年前，我放弃了，不再提醒她这一切。我发现这与逻辑没有任何关系,纯粹是情感在作怪,就跟阿拉伯人莫名其妙地讨厌我们是一个道理。小女人违章已经被罚四分了,可对于家人来说,罚几分都不算什么大事,家庭关系不是按分数来计算的。

有时候,我行驶在一条僻静的街道上,一个人都没有,整条街都是我的。可突然间这小女人就会趴在我耳畔尖声叫喊:"以法莲!**以法莲!**"

突然受惊,我猛地打了半圈方向盘,汽车冲上人行道,撞翻几个垃圾桶,一头栽到一家洗衣店的钢制百叶窗里。发动机奄奄一息,我索性熄了火,四处张望了一番,没发现一样有生命的东西,也没发现一辆肇事车辆。整条街道犹如撒哈拉大沙漠。

"你大叫什么呀?"我问妻子道,"**你大叫什么呀?**"

"你走神了,"她很痛苦地哼哼唧唧道,"你就这样开车的吗?**你就这样开车的吗?**"说完紧了紧安全带。

几个崽子当然跟他们的妈妈是一伙儿的。女儿丽娜娜学着辨认的第一样动物就是斑马线。**斑马线!** 她姥爷也说我开车像个疯子,**像个疯子!** 有一天,他把我拉到一边,说了一句男人对男人的话:"听我说,孩子。你心事多,为什么不让我闺女开呢?"

几个崽子在后座上异口同声喊道:"爸爸,让妈妈开,**让妈妈开!**"

他们一次又一次让我迷失方向,摧毁我的自尊。上一天班,回家进门的时候,会听见他们说:"没什么事儿,只是爸爸回来了。"

为什么非得有什么事儿呢?为什么只是爸爸呢?他们那位被扣了四分的妈妈极力鼓动他们这样对待我。只要全家出行,她都会像条蛇一样嘶嘶地叫个不休:"哎呀,你是非得让警察逮住才高兴是吗,**才高兴是吗?**"或者,"你想让他们吊销你的驾照是不是?**你想**

让他们吊销你的驾照是不是？"

照她的意思，她只有自己握住方向盘，才会放心。常常是经过一番歇斯底里的争吵，她从我的手抢过方向盘，才会有瞬间安宁，可马上后座上几个崽子就会山呼万岁，高兴得就像当了王子公主一样。到今天为止，她已经撞翻过两辆卡车、一架钢琴，弄倒过一次停车场的计时器，碾死了不知多少只猫。四分！

"这还不是因为你？"每次自己出了事儿，她都会说，"因为你疯子一样开车吓得我心有余悸。"

近来，我家那条老母狗马克斯也跟他们串通一气了。只要到了转弯的时候，她就会把头伸出窗外，声嘶力竭地狂吠两声："汪！汪！"我妻子替她翻译，说老母狗的意思是我不应该只用一只手。看看大家，所有人都是用两只手抓方向盘的！

大多数情况下，我只能事后才咆哮几声。几次驶过人行道时，我开得很溜，一个人也没撞上。小女人却不无讽刺地喊道："看见那几个人了吗？**看见那几个人了吗？**"

当然看见了。**当然看见了**。否则我就会撞上他们的，不是吗？

"快看你的速度！天哪！**快看你的速度！**"

"三十码呀。"

"你是想住院不成？**你是想住院不成？**"

她开起来往往都是七十五码，快赶上她骂我时的语速了。上个月，她独霸了我家的车，动不动吱的一声就去了超市。有天她专程去买干酪，在一个十字路口，红灯撞上了她，汽车被整成了半截拉不开的手风琴。小女人从翻了个个儿的车里爬了出来，脸色苍白，却一点也没发抖，但随后的几个星期里，她那张愤愤不平的脸像幽灵一样跟着我，甩也甩不掉。

"想想吧，你这狗东西！"那张幽灵脸似乎在说，"当时如果是你开车，还不知会闹出多大的乱子来！我还能活着从车里爬出来？谢天谢地！"

她被罚四分。毋庸置疑。

汽车在修理厂睡了好几周，最终还是很不幸地被送回我家。经过自我修炼，我的车技改进不少，开车变成了一种预防手段：每到一个十字路口，我就会提前警告自己，我全家都惶惶不可终日，就是因为你这臭技术！

"前面有红灯！"我一边大声自言自语，一边降下速度，"**前面有红灯！**"或者，"黄灯就停！以法莲，**黄灯就停！**"转过一个弯，我会对自己说："你就这样开车的吗？**你就这样开车的吗？**"

至少没人再吵我了。小女人嘴闭得紧紧的，几个崽子一副蔑视的神情看着我，一言不发，只有老母狗"汪汪"了两声。慢慢地，慢慢地，我驶出我空空如也的大脑。

犹太人几千年无家可归，受尽折磨，最终将自己紧锁在知识的象牙塔里，专注于智力而无暇顾及体质的发育。新建的以色列国恢复了犹太人单纯的凡人性格。就因为这，我们得付出很大的代价。

末日四骑士

人什么时候睡得最香？

据最新科学研究成果显示，凌晨五点二十五分之前睡眠处于最深层次。过了这个点，大家都会醒来。倒不是因为他们真的睡醒了，而是因为在这个点上，地震一般的轰鸣声会把你闹醒，你会像受惊的野兽一样睁开蒙眬的眼睛，吃惊地望着窗外。这一声把你从床上掀起来的噪声不是一条单一的声线，而是搅和了不知多少高低不一、长短不齐的声线，像几十台录音机同时放出各不相同的声响，活像地狱传来的号叫。想象一下，空袭警报拉响后的街头，几十头野牛冲进人群时的闹市，暴风雨到来前的雷鸣电闪，战场上上百辆坦克同时进攻，热带丛林里泰山仰天长鸣……这一切，都发生在凌晨五点二十五分。

对这种天外袭来的轰鸣，大家反应各不相同。有人把头埋进枕头，再压一床被子，狠命地祈祷。有人滚下床，赤身裸体冲出卧室，像无头苍蝇一样乱撞。本人反应与众不同：外面巨声一响，我就会身不由己地翻身压在我家小女人的身上,双手抓住她的脖子狠劲地挤压,挤得她喘不过气来。等她好不容易腾出一只手,打开床头灯,我才明白这不是一场噩梦。

"不就四个人嘛,怎么会搞出这么大的响动来?"邻居菲利克斯·赛里格每到凌晨五点二十五分钟就会把头伸出窗外,大声质问,"怎么能这样呢?"

大家都会站在窗口,眼睁睁望着这末日四骑士:一个是开垃圾车的司机,一个站在垃圾车的传送带边上,另外两个负责把各家的垃圾桶拽到传送带上。第一眼看上去,他们相貌平平,很普通的环卫工人。可他们其貌不扬的外表底下,隐藏这四位专业制造噪声的大师。先说司机,他的车永远放在一档,柴油发动机永远出于最高速。两位搬运工拖着垃圾桶,专捡石头最大的路径。四个人的嘴巴从来不会闭上,吵起来的劲头让人感觉非得有某个人马上被就地正法不可。

可仔细再听,你就会发现他们并不是在吵架,而是在探讨日常生活中最不起眼的琐屑话题。按照"打搅睡眠"的不成文法规,他们的会话从两位搬运工将垃圾桶从你家院子抬起开始。拖着垃圾桶来到垃圾车前大概需要二十到三十步。然后两个人面向司机,一先一后叫道:"嗨!嗨!昨晚你去什么地方了?我说昨晚你到哪儿鬼混去了?"

司机把头从车窗挺了出来,像一只小号。在这玫瑰色的凌晨,小号声清脆嘹亮:"嗨!我就在家窝着哪儿也没去。你呢?我说你呢?"

"我一家人去看了一场电影。打仗的。太好看了。真的。哎呀

187

那演得真是没说的。"

住在后屋的可怜虫们说,他们亲眼看见那两个垃圾桶搬运工相距不到两步,可说起话来就像隔着老远。

"我说,"他们的肺活量可真大,"他妈的,今天咋这么重?死重死重的。你说呢?"

"当然重了。这一片儿的人饭量大得像猪一样。想象不出来吧?他们吃饭个个像头猪。"

卡拉尼奥太太真不幸,她卧室的窗口正对着垃圾桶,所以每天到这时候她是第一个被喊醒的,现在都快要崩溃了。有天凌晨五点二十五分,她猛地推开窗子,对着四骑士大喊道:"天哪!能不能安静安静?你们为什么每天晚上都要这么大吵大闹呢!"

"晚上?您说这是晚上?"四骑士之一乐呵呵地回答道:"这不已经快五点半了吗?"

"我要报警啦!"艾达贝尔·托斯卡尼尼也加入了抗议的行列。四骑士听后大笑起来,那笑声真像地狱里传来的咆哮,最勇敢的警察路过这里也会被立刻变成盐柱。

"报呀!快报警呀!"他们对着艾达贝尔喊道:"才五点半,你到哪儿找警察去?哈哈,你到哪儿找警察去!"

他们是市政厅的环卫工人,个个大大咧咧,无拘无束。他们也是浑身肌肉的犹太汉子,个个精力充沛,嗓门洪亮。可惜卡尔·马克思无缘见到他们,要是见了肯定会乐得涕泗横流!他们的身上显示出一种天底下任何权威都无法让他们屈服的力量。这是事实!相比之下,我们这些人个个都是孬种。上周,邻居们推举我向市政厅环卫部门投诉,我一个电话打过去,你猜怎么着?

"这事儿你不用跟我说,"环卫部门的一个头头接的电话,"我每天早晨也被这样闹醒来。我都快要精神错乱了。我到哪儿投诉去?"

夏天,家家开着窗户睡觉。我们几十家联名起草了一份申诉书,每个人签了字。要求禁止末日四骑士每天凌晨五点二十五分将垃圾桶扔到空中,再落下来,搞出大炮一样的轰鸣。申诉书还说,天天如此,居民中得神经衰弱的已不计其数,患精神错乱的也有好几个。可是,西格乐家的保姆,一位叫艾特罗加的女人,据说跟竞选委员会有什么关系,她探知的消息说,两位部长被凌晨五点二十五的大炮声搞得脾气很火爆,想出面处理,结果把自己处理掉了。两个人被迫辞职,现在到乡下去养鸡了。所以,她建议这申诉书还是不要提交的好。

我们找了律师。律师仔细斟酌了一番,提了不少建议。

"周末去耶路撒冷住吧,"这是他最好的建议,他说,"因为在耶路撒冷,环卫工人都在罢工。"

这建议太不现实了!我们自己想办法。用棉球塞住耳朵。大块大块的棉球被挤进耳道,达到了弱音器的效果。但是凌晨五点二十五分的"嗨!嗨!"穿透棉球,就像刀子切割黄油一样轻而易举。

上次跟瓦塞尔洛夫医生见面时,他精辟的见解更让我惴惴不安。他分析得很周到:"噪声导致失眠,长期失眠导致永久性创伤,这会不可避免地对人类大脑功能造成不可逆转的损伤。父母目前所遭受的一切很快就会在子女身上显露出来。父母大脑萎缩,子女在出生前就会显示出某种症状。所以,归根结底,每天早晨环卫工人搬运垃圾时的噪声应对我国现有人口及其后代的智力退化负有不可推卸的责任。"

我的眼前马上浮现出这样一幅图景：我们的孙子孙女脸色暗淡，双眼沉重，死死地盯着我们，就像盯着罪大恶极的犯人，然后，一个个像瘸腿山羊一样，一蹦一跳，逃往无边无际的荒野，从我们的视线中渐渐消失。"不行！"我咬了咬牙，喊道，"不能这样下去了！必须采取措施！必须采取行之有效的措施！"西格乐援引圣人之言，说道："强攻不成，则投其所好。"这退一步的策略正好与我们大家的君子风度不谋而合。虽说噪声让人愤怒，但我们心底里还是非常佩服那四位末日骑士的。天还未亮，他们就已经忙碌起来，干起了苦力，而我们这帮细皮嫩肉的猪猡却在被窝里鼾声如雷！大家决定，投其所好，打一场心理战。钱是不成问题的。

星期二凌晨，照例炮声过后，喇叭吹了起来。

"嗨！"传送带边上那位先声夺人，"天冷了。我说天冷了，你感觉呢？"

"嗨！"院子里传来回声，"买件毛衣吧。你得买件毛衣穿上。毛衣，明白吗？"

"毛衣？你说毛衣？我哪儿有钱买那东西？"

我们立刻行动。为了我们的家人！为了我们后代的未来！为了整个中东地区的和平！我们立刻行动。卡拉尼奥太太动用社区卫生基金，买了一件非常时髦的加大号红色毛衣，菲利克斯·赛里格在保姆的陪同下，将毛衣送到传送带骑士的家中。赛里格和保姆作为大家的代表，郑重其事地献上礼物，转达了所有人的愿望，即希望这件毛衣所带来的温暖能够有助于创造一个平静祥和的气氛。骑士喜出望外，千恩万谢，还说他一定要把这好消息带给他的三位伙伴。

第二天凌晨五点二十五分，卡拉尼奥夫人第一个被从被窝里揪了出来："嗨！"传送带骑士这回吹起了牛角号："猜怎么着？他们给我买了一件毛衣。听见了没有？我说他们给我买了一件毛衣。"

"他们可真是好心人哪！我说真话，听见了没有？我说他们真是好人哪。"司机把头伸出车窗，放开喉咙喊道。

穿上新毛衣的骑士心情格外好，力量也格外大。他高高举起一只垃圾桶，一个优美的抛物线，垃圾桶落到另一个靠着篱笆的垃圾桶上，随即两只垃圾桶一起滚到人行道上，像两颗手榴弹同时引爆。从那以后，我的左耳鼓膜严重受损，什么都听不见了。不过也好，我现在睡觉都是朝右边侧身，右耳压在枕头上。这办法真不错，我以前居然没有想到。

最后的匠人

上周某个傍晚,我正要出门,妻子盯着我看了一眼,说道:"你就不能给你自己买个像样一点儿的手提包吗?有身份的人谁没有个好皮包?"

"老婆,你说得太对了,"我答道,"我是握笔杆子的,应该有个好皮包。"

"去吧,"妻子说,"买个别致一些的。"

我走到街角那家皮包店,向老板仔细说了说我的要求,我说我需要一个别致的皮质手提包,要能吸引人的,黑色,亚光的皮面,多夹层,锁子透亮,就那种类型的。店老板个儿不高,只会说意第绪语,看上去没有太高的品位。

"手提包就是手提包,又不是珠宝,"他厉声说道,"我有什么样的就只能卖给你什么样的。这款五十五块钱的很结实耐用,咋样?如果您想要那种花里胡哨的玩意儿,那您自己去找匠人定制吧。他们有闲工夫听你唠叨。"

我感觉自尊受到了伤害。我是在找一件上等工艺的皮包,你怎么能说我要花里胡哨的玩意儿呢?如果这就是典型的犹太匠人的话,我真该诅咒他们了。我二话没说,离开这个皮包商人,去寻找真正懂得欧洲风尚的皮革艺术家。忙了整整一星期四处打听,终于找到了大名鼎鼎的皮革艺术家西格蒙德·瓦瑟佩尔的作坊。

一进门,即刻感觉到一股清新的气息,一种井井有条的气氛扑面而来。作坊很大,我在隔壁的屋子里看到了一位和颜悦色的蓝眼睛白发老头儿。这就是瓦瑟佩尔先生本人。我将我的要求向他细细道来,当然是用歌德和科尔总理惯用的那种措辞。他听得也很仔细。我说完后,这位可敬的艺术家便告诉我,出于人道主义考虑,他同意接我的活儿,而且将尽一切努力,制作一件能配得上我这位艺术家同行的高品位皮包。为了消除我对他的能力的顾虑,瓦瑟佩尔先生不厌其烦地向我讲述了他的经历,从他在斯图加特公立高中的学习说起,一直讲到他如何因为命运刹那间的安排而喜欢上了高档皮革艺术,要不然,他就会虚度一生。先在汉堡的新格父子公司当学徒,随后来到维也纳,入职赫赫有名的科什纳皮革公司,一干就是三十四年,这三十四年,用他的话说,真是硕果累累。

我跟瓦瑟佩尔先生聊到半夜,到了最后才想起正事儿来。我说我想要一个皮质手提包。瓦瑟佩尔先生拿出滑尺,又翻开对数表,细细计算适合我的手提包的尺寸。随后们我俩便开始商量什么动物的皮既耐磨耐用又能达到外表完美的标准。

"我看得用磨光水牛皮,您意下如何?"瓦瑟佩尔先生问道。

"就听您的,"我答道,"我喜欢水牛皮,最好用磨光处理。"

"我真高兴,"瓦瑟佩尔先生深吸一口气,像悬空的心突然放了下来,"这种皮很结实,而且,在它的表面安装金属装饰物也非常方便。"

说到这儿,我的热情已经所剩无几,况且,我六个钟头没进一口食了。

"我不要那种花里胡哨的玩意儿,您明白吧?"我想让这老头儿现实一些,但瓦瑟佩尔先生一副不耐烦的样子,摇了摇手,示意我不要往下说。

"我这地方绝对不会造出二流产品,"他突然有些生气,"我在科什纳皮革公司供职三十四年,培养出无与伦比的责任心。我只要求我的顾客能够有些耐心。后天保证给您做好,价格六十五块。"

两天后我来取包,却发现不仅没有完成,瓦瑟佩尔先生竟然还没动工呢。因为,他两个晚上没有合眼,考虑了多时,最终决定改用羚羊皮或者瘤牛皮,水牛皮粗糙多孔,不适合我的身份。羚羊皮或瘤牛皮的包虽然可能会昂贵一些,但至少可以用一百年到一百五十年。我当即敲定铸打瘤牛皮,便回了家。

又过了两天,我来取包。瓦瑟佩尔太太一人在家。她说,老头子出远门了。周一就走了,去了一家高档五金店,预定特制的圆头铜钉,手提包需要这种圆头铜钉封边。我对老太太说我不需要什么铜钉,人生太短暂,铜钉太结实。瓦瑟佩尔太太听我这么一说,立刻来了脾气。她的丈夫属于那种现代社会行将绝迹的匠人,要么就不做,要做就得做出一流产品,绝不能像以色列这帮江湖骗子,做事马马虎虎。她又趁机提醒我,她丈夫在科什纳皮革公司做了三十四年,科什纳当年可是哈布斯堡王朝弗朗茨·约瑟夫陛下唯一的皮制品供货商。

慢慢地,我认命了。当个作家完全可以不需要手提包的。可有天早晨,天还没有大亮,瓦瑟佩尔先生竟然亲自登门。老头儿一脸疲惫相,两眼露出惴惴不安的神态,很是痛苦地抱怨道,他竟然为了几颗钉子跑遍了整个以色列，而在维也纳，任何一家五金店里都有这玩意儿，随处可见。从这位艺术家的表情看，他似乎对整个人类都怀有一种不可名状的谴责。我安慰他别着急，他这才话入正题。他来我家是想跟我商量手提包的衬里该用什么材料的。他建议道，考虑到皮包外层材料的稀有性，衬里应该更耐用，所以压花独角兽皮最合适。

"亲爱的瓦瑟佩尔先生，"我对他说道，"我佩服您的专业标准。毕竟科什纳皮革公司三十四年的经历真不是说说而已的。可是，我实话告诉您，我不需要这么独特的手提包。我了解我的妻子，说不定我用不了几天，她就会拎着包去菜市场买菜的。"

老头子突然脸上光芒四射。"多亏您提醒。如果真这样，我们就得考虑手提包的防水性能。不只是外面要防水，衬里也得防水。这样的话，我考虑衬里改用海豹皮。您在加拿大有熟人吗？"

"瓦瑟佩尔先生，您听我说，"我说道，"手提包就是手提包，又不是珠宝。您还是早点把它弄好，一了百了吧。"

"那可不行，"老匠人一脸委屈的样子，说道，"您觉得我容易吗？您既然这样说了，那我就告诉您，先生，就为了您那区区六十五块钱，我得满足您那么多怪异的条件。我为了您的皮包四处奔波，费了这么多时间，谁能给我补偿呢？"

我突然发觉老头子一下子垮了，脸在抽筋，抽筋后变成了颗风干的西梅。我立刻向居住在美国的艾艮舅舅发了一份电报，让他火速空寄一张完整的海豹皮过来。半个月后我去海关清关，然后拿着包裹径直来到瓦瑟佩尔先生的作坊。看到老头子情绪还好，我放心了。这段时间，他跑了一趟内格夫沙漠，从几个贝都因牧人手里购买了镶金黄麻绳,这是做包带用的。可当我打开艾艮舅舅从美国寄来的包裹时,他突然脸色惨白,两腿打颤,站也站不稳了。

"塑料!"老艺术家声音压得低低的,脸上挂着无以言表的愤怒,"他们竟敢把塑料拿到瓦瑟佩尔皮革作坊来!"

老匠人把我带来的东西扔进垃圾箱,然后走向壁柜,一句话不说,打开柜子,拿出一把有年成的猎枪,蔑视地斜瞥了我一眼,大踏步走出了作坊的大门。妻子跟在身后大喊大叫,他头也不回,昂首挺胸,悲怆的身影融入了中午时分的黑暗之中。

"他去沙漠打猎了,"女人痛苦地抽泣起来,"我了解他。没有合适的皮材,他没法工作。在科什纳皮革公司时,大家都爱戴他,就因为他这脾气。"

"三十四年!"我忘不了。我自己也有些招架不住了。我真心实意的同情和安慰对于瓦瑟佩尔太太也只是伤口上撒的一把盐。

老婆子竟对我发起火来。"你为什么这样折磨我的丈夫呀?为了你一个狗屁皮包,你得要了他的老命不成?"

"对,"我说,"会有这么一天,我得要了他的老命。"

在这段闹心的日子里,我真的有心把那老头子干掉,为了这狗屁皮包,我也被折腾得半死。可星期二我收到一封信,让我深受震动:瓦瑟佩尔先生住院了,病情危急。我良心发现,急忙买了一束花,又花了五十五块钱在街边买了一个皮包,把花装在里面,赶往医院去看望这位被我害苦了的匠人。到了医院,我才了解到,瓦瑟佩尔先生去了红海边,捉到一只类似海豹的生物,可那里湿热的气候和一路的劳顿让老先生精疲力竭,回到家时已经发了几天的高烧。瓦瑟佩尔太太坐在病床边,两个人一起盯着我,满眼都是谴责。瓦瑟佩尔先生脸色发黄,就像一张年代久远的羊皮纸,眼睛里充着血,红得可怕。他示意我弯下身子,耳朵贴着他的嘴。我把耳朵直接搁在他的嘴巴上。

"您得……去找……几枚……银质扣环……"老头子声音很低,"铜制扣环……我绝对不同意。不配您的身份。"

"好的,爷爷,"我也低声答道,"我听着呢。"

"还有,"快没气了,他继续说道,"您得去找一些天鹅粪便。磨光皮革没有比这更好的材料了。"

"您放心,"我向他保证,"一切都会齐备,爷爷。我这后半生什么都可以不做,就专心与您一起做这个皮包。只是您得快点恢复才是。"

老头子不再说话,静静地躺在枕头上,看上去一丝气力都没有了。我满心懊悔,找到主治医师。在医院的过道里,瓦瑟佩尔太太含着诅咒的眼泪催着我一路小跑。医师说他现在无能为力,要想让病人恢复,必须满足他的所有愿望,因为(医师说他有非常可靠的消息来源)瓦瑟佩尔先生曾在维也纳某个公司工作过,同事都知道他宁死也不愿意制造出一件次品。我请求他将瓦瑟佩尔先生的住院费全部划在我的账上。明天我就出发去北海的湿地收集天鹅粪便。我还年轻,吃点苦不算什么。

以色列目前困难重重，原因都出在一个问题上。当初建国时，计划人口只有五十万，其中一半是拉比。可现在即使在夏天这火热的季节，三分之一的人都逃到外国去避暑了，在自己的树下乘凉的人口依然多达几百万，感冒的人也算在内。街道上到处是自行车，码头上摩托艇一艘挨着一艘，海法至特拉维夫的特快列车上挤满了机场出来的人。所以时不时地遇到些麻烦真不必大惊小怪。

海阔天空

古斯帝坐在机场控制塔的仪表台边，手里举着一份体育报。看起来像是在读报纸，其实报纸里面还夹着一份小册子：《航班控制速成》。

"还是小心为妙。"他自言自语道。

前天，一架飞机出事儿，差点酿成大祸，没出人命算是万幸，他被机场监察委员会的人狠狠批了一通。事情是这样的。当时雾大，一架比利时飞来的航班没有看见电厂的大烟囱，一头撞了上去，一只翅膀被撞断后落到了正在地面上滑行的一架双引擎飞机上。多亏机师头脑冷静，降落到刚从德黑兰飞来的一架航班的脊背上，然后，两架飞机一个背着另一个，冲向布龙菲尔德足球场，差一点儿就要了施皮格尔的命。当时这位名声显赫的中前卫正在传球,如果时间稍晚几秒钟,两架飞机就会把他压到肚子底下。飞机停下来的时候,离施皮格尔只有不到十米远了。

古斯帝望着墙上的大钟,心里很是急躁。没人告诉他那只是一口钟,他以为那是雷达,所以几天来一直靠那条转动不停的秒针指挥飞机的起落。真正的雷达刚从美国订货,计划机场开始赚钱的时候便立刻付款。机场没有专职工作人员。作为权宜之计,每隔几天,职业介绍所就会推荐一两位来值班,他只需登上"沙洛姆"(你好)控制塔,举起一面红旗朝天上摇一摇,喊一声"你好",就算完事儿。今天凌晨,职业介绍所又派来一名不会说希伯来语的男人,他只能举着红旗朝空中用保加利亚语喊话。

"得不停地抬头,我脖子疼得要死。"这位新来的阿维格多坐在控制塔的另一个角落,咕咕囔囔地抱怨道,"泛美航空的飞行员真讨厌,不停地喊着要降落,喊了快半个钟头了。烦死我了!"

"他这阵儿多高?"古斯帝问道。

"不穿鞋应该有一米八。"

"自己查一下吧,"古斯帝很不耐烦地说,"这些小事情就别来烦我了。"

阿维格多翻开一本很厚的航班控制指南,一页一页地找了起来。"他们指望我做什么呀?我刚到,是来顶替格林斯潘的,那家伙得了重感冒。我也就是替他几天罢了。"

"你上过课没有?"

"还没来得及呢。可是你知道不?我在养鸡场工作,他们觉得鸡呀、鸟呀、飞机呀,都是带膀子的,都能飞,所以就把我派来了。"

突然，跑道上一声巨响，浓烟滚滚。

"哎哟，妈的！"古斯帝说，"咱们又该挨顿骂了。"

他说完，拿出一只大气球，上面有"马上回来"四个大字，挂到窗外，就去喝茶了。这一天够累的。吃中午饭那一阵儿，两架从海上飞来的飞机把里雄锡安市广播电台那位业余播音员的话当成了机场控制塔的信号，不小心撞到了一起，轮子搅在一块儿到现在还没分开，两架飞机就这样拥抱着在机场一圈一圈地转着呢。

古斯帝跟这两架连体兄弟打了个招呼，说道："看样子没什么大不了的，就慢慢转着吧。"

"汽油耗尽了怎么办？"连体兄弟问道。

"走一步算一步，车到山前必有路。"

古斯帝拨通了交通部的紧急电话，问该怎么办。机场里目前没有太大动静。据说国家气象局局长正在罢工，总统出面，他才发布了今天的天气预报，说还好，不下雨。一辆拉着满满一车干草的毛驴车前天一大早不小心闯进了跑道，这会儿还在里面转来转去，快三天了，找不到出口。阿维格多给老婆通了一个电话，问今晚电视上有什么节目，有人插了进来，问怎么没有灯光。

"滚开！"阿维格多对着听筒喊道，"滚开！"

"没法滚开。我正在降落！"这是法国航空公司的一架班机，机师接着喊道，"我正在降落。发现前方有一架飞机也在降落，朝我驶了过来。"

"我等会儿再打过来。"阿维格多对老婆说，然后对着法航的技师喊道，"你刚才说什么？"

"马上要跟前方飞机迎头撞上了。我该怎么办？"法航说。

"当心点儿,"阿维格多说,"你小心点儿。"

里雄锡安广播电台的信号又出现了。是轻音乐。

古斯帝饭还没吃完,急急忙忙冲上控制塔:"麻烦大了,大雨把塔顶的灯光弄灭了。三架飞机一起朝着同一个地点飞了过来,都要求降落,怎么办?得赶紧采取措施。"

他立刻打了两个电话,一个是给急救中心的,要求赶快派一辆救护车来,另一个是打给机场救援车的。古斯帝随后又给机场监察委员会总部打了电话,请求他们在三架飞机撞到一起前迅速赶来。后来,只有两架飞机撞上了,另一架机上的一位牙医在千钧一发之时收到了信号,总算躲过一劫。机师临时掉头,降落到诺尔多大道与本·耶乎达大街的交会处。

附近的居民立刻打电话向交通部投诉。

"一个星期发生两次这类事件,"他们抱怨道,"轰隆隆的,我们咋睡得着呀!"

交通部马上派人到现场。海关在十字路口搭建了一个临时办公室,工作人员开始卸行李。

就在同一个时间,那两架撞在一起的飞机彼此拥抱着掉进了海里,海边有人正乘着夜色在散步,以为是空军演习,所以又是鼓掌又是欢呼。交通部的调查队乘着摩托艇冲进了海里。里雄锡安广播电台结束了一天的工作,没了信号。气象局局长又扬言要罢工。不过总体说来,这一天过得还算顺利。谢天谢地!

犹太人的伦理中，不能谋生便是人生最大的耻辱。只要谋生，哪怕一分不赚，也比仅仅是一样职业的职业荣耀得多。听上去很矛盾，非正宗的犹太人自然难以明白。

皮箱人生

　　这贩子三年前就来我家敲门了。他爬楼梯上了楼，一家挨着一家按门铃，你刚把门开了一个缝儿，他就会把随手提着的皮箱往你门口挪一挪，问道："香皂要不要？剃须刀片呢？"
　　人们回答道："不需要，谢谢。"
　　"尼龙牙刷？"
　　"谢谢，不需要。"
　　"塑料梳子？"
　　"不要。"
　　"卫生纸？"
　　咣的一声，门就关上了。从那时起，每隔半个月，这贩子就会来一次，按门铃，一模一样的一串台词，关门，生活进入原样。有一次，出于人道主义考虑，我想送他几分钱，竟然惹得他火冒三丈："先生，我不是要饭的！"然后恶狠狠地瞪了我一眼。
　　前天，他又出现在我家门前。

"香皂要不要?"他问道,"剃须刀片呢?"

我突发奇想。

"好吧,"我说,"给我一枚剃须刀片。"

"尼龙牙刷?"贩子似乎没听见我的话,继续说道。

"我说我要剃须刀片。"

"塑料梳子?"

"你听不懂人话吗?"我脾气来了,"我要剃须刀片。"

"什么?"

"剃须刀片。"

他突然间一脸的惊讶。

"为什么?"

"一枚新刀片。我……想……从你这儿……买……一枚刀片!"

"卫生……"贩子声音突然很低,"纸……"

我一把将皮箱从他手里夺了过来,打开。竟然是空的。里面一无所有。

"你这什么意思?"

贩子倒发起火来。

"从来没人买我的东西!"他大叫起来,满脸通红,"我提着那些东西有什么用啊!"

"我明白了,"我想让他安静下来,"可是……你……为什么还要……挨家挨户地按门铃?"

"人总得谋生吧,先生。"

说完,转身就走。又爬了一段楼梯,按响了塞里格家的门铃。

"集体主义作为伟大的理论唯一的缺陷在于它的确可以实现。"不知哪位智者说过这么精辟的话，他还真说对了。在以色列，集体主义体现在作为微观宇宙的集体农庄上。

我要讲述我在集体农庄里的一件亲身经历，希望各位读后能体会到这句话的含义。那是一个周末，我受朋友西蒙之约请，来到集体农庄，目的是想逃避特拉维夫市区无与伦比的喧嚣。

易齐的媳妇

西蒙见到我后高兴得屁颠屁颠的。那天他刚好搬进一间崭新的屋子，儿子染上麻疹在家躺着（这当中也体现了集体主义精神：一人感染，全体病倒），老婆在外为一头奶牛接生，那奶牛愚是磨蹭，不愿让小牛犊出来。西蒙自己急急地赶往食堂，参加农庄全体大会。今天的会议议题只有一个，疯子易齐几天来非要让农庄为他拿出四百块钱不可，否则就要……

"集体农庄社员要钱做什么？"我有些想不通，一边跟着西蒙往食堂走去，一边问道。

西蒙是集体农庄的财务总管，在我面前说话直来直去："要给他买个媳妇。"事情的原委大概是这样的。

易齐多年来一直是农庄的采购，常常外出，接触外界的机会多。他利用职务之便，竟然没头没脑地爱上了邻村一位名叫海芙示巴的也门姑娘。

易齐姓克劳斯，海芙示巴姓哈比维，听上去门当户对。易齐来找大胡子哈比维老头儿，诉说了他对哈比维家千金的倾慕。老头儿一口答应，还说看在你年富力强的分上，彩礼也不多要，四百块就可以了。

易齐听了大惊失色，老头儿解释说，他养活这孩子十几年了，花了不少钱。要四百块实在不算过分，而且这里面还包含一定比例的保险，万一这姑娘死了或者离家出走，他会补偿的。易齐觉得跟他还价可能性不大，就一口应承下来，回到了农庄。

遇到这种情况，城里面的人会怎么做？他会去银行以盖房子为名贷笔款子，或者把祖上传下来的某件宝贝拿出去卖掉，也有可能多加班，把公司里的钱全挣到自己腰包。

可是集体农庄里的人会怎么做呢？他除了自己的良心，没有一样能拿出去卖的，良心也值不了几个钱，顶多能卖五十块到六十块。无奈之下，只能去央求农场主任。

主任听后仔细想了想，没有答应。他说易齐的要求很不现实，第一，媳妇不是用钱买的；第二，我们不是生活在旧石器时代；第三，没人听说过这等怪事。

但主任答应他会亲自与哈比维老头儿联系，可不到两分钟，又说这门婚事愚蠢至极。

不过农庄主任还是约了农庄社会委员会主席（是个女的）一起去找了一次也门老头儿哈比维，一天半后，两个人回到农庄说，这事儿……细细分析来……站在那位也门老头儿的角度看……的确是合情合理的。但哈比维老头儿要的彩礼简直是天价。要知道,四百块钱足以买回一头奶牛,也可以买回一台柴油机。

疯子易齐突然翻脸,暴跳如雷。他说,要么马上给他把海芙示巴买过来,要么他就立刻远走高飞,离开你们这帮吝啬鬼,到别的地方另建一座集体农庄,种花养牛,过一种全新的生活。

"别激动,易齐。"集体农庄几位头面人物一起劝导,先让他冷静下来,然后马上召集紧急会议,磋商此事。这就是我前面说过的全体会议。

会议气氛很紧张。男人都坐第一排,女人们靠墙角坐着织毛衣,小孩儿们在窗子上爬上爬下,不想回家睡觉。"屁股上想挨揍了是不是?""是啊,来呀。"突然,食堂里一片安静,静得有些可怕。农庄主任走上讲台。

"兄弟们,"他说,"我们遇到了前所未有的一大难题,易齐想要四百块钱。他想娶个媳妇,人家要四百块的彩礼。大家都知道,易齐是咱们农庄的老员工了,而且工作很是卖力。我建议赠予他两百块,再给他两百块的贷款,二十年还清。"

疯子易齐一听,立刻站起身来。

"吝啬鬼!我可不想沾你们的光。婚姻是人生大事,生理需求,谁也躲不过。你是不是觉得我有毛病?"

"别激动!"健康教育委员会主席(也是个女的)打断了易齐的话:"你难道就不能从我们自己农庄里挑选一个中意的姑娘来解你燃眉之急?"

"是啊是啊!"正在打毛衣的那帮姑娘大声附和道。

"我就想要个外面的,"易齐瓮声瓮气地说,"不掏钱就娶一个,我不愿意。低于四百块，我也不愿意。要么给我娶那姑娘，要么我自己走人。"

主任很生气地敲着桌子。

"兄弟们！兄弟们！我们遇到了情感危机，必须采取强有力的措施。所以我宣布，农庄出资二百五十块，剩下一百五十块各位集资。"

"以后还会发生什么不可思议的事儿啊！"女人们大喊道，"我们一分钱都不出。他自己到美国集资去吧。"

在这关键时刻，财务总管西蒙说："请大家允许我说一句！我想问，两百块钱究竟应从哪个预算中走账？"

主任咕咕囔囔，似乎是说应该有办法的……总得想个办法来……咱们走一步说一步的事儿……等等。

"或许可以从咱们的发展基金中走账，大家觉得……"有位好心肠的社员自告奋勇，可话还没说完，一片吵闹声就把他呛了回去。

"绝不同意！"众人的叫喊犹如雷声，"为这些鸡毛蒜皮的事情，难道要让我们的孩子挨饿受冻吗？"

易齐受不了了。

"可我的孩子呢？"他脸都憋红了，气得发抖，"难道我的孩子连出生的权利都没有吗？"

"安静，兄弟们，安静！"主任捶打着桌子，说道，"总得想个办法呀！我想我们可以从……易齐，你别误解我的意思……从买牲口的费用中……易齐，先让我把话说完……凑巧，我们正打算购买一头……一头……嗯……奶牛。"

"休想！你这刽子手！"一帮女人异口同声，"你敢？你这是拿我们孩子的命开玩笑。孩子们要喝牛奶！"

会开不下去了。易齐铁青着脸站了起来。很激动，声音颤抖得厉害。他说，赶中午前必须凑齐四百块钱，哪怕把本农庄的姑娘卖了也得凑够这四百块钱，否则你们后悔都来不及了。

西蒙脑子机灵，突然有了一个想法。他提议建立一个婚嫁基金，所有单身男人每年出资二十五到五十不等，根据体重、年龄等因素……

"兄弟们！"农庄主任总结道，"这是个不错的主意。但是我也提议，所有单身男人最好从本农庄姑娘当中挑选媳妇，如果非要娶外面的，彩礼就得有所规定，绝不允许漫天要价。"

散会。不到五点，我就躺下了。刚七点，我便搭了一辆农庄的皮卡车回到特拉维夫无与伦比的静谧之中。

以色列人个个都染上了一种危险的病症，近似疯狂。这病名叫开发国土，也叫大兴土木。

可犹太人生性懒惰，三天突击盖起一栋房子，然后便可以游手好闲、四处游荡了。

哪位看官如果受本书故事的诱惑，想到以色列来看看玩玩，便可以目睹这种不可救药的慢性病把这国家糟蹋成了什么模样。

如果哪位疯子头脑发热想在沙漠中心建起一座城市来，没人会觉得有何不妥。说实话，这国家疯子实在太多。沙漠当中的城市也实在太多。

布劳弥尔希运河

巴彦疯人院的一间单人房里，卡西米尔·布劳弥尔希突然病情发作。布劳弥尔希四十五岁，原来在乐队里吹陶埙。五分钟前，他手持一把塑料鞋拔子在水泥地上使劲儿挖掘，想开凿一个地道逃出去。护工从他手里夺走了鞋拔子，他因此闹个不休。布劳弥尔希的情况大致是这样的：大概六个月前，政府当局拒绝给他离境签证。我还得啰唆一句，以色列是世界上唯一一个允许外国疯子入境，而一旦进来便休想出去的国家。布劳弥尔希因为有精神病史，拿不到出境签证，绝望之中，就开始从他家挖掘地道，想一直挖到边境之外。

闹腾了一阵儿,他突然安静了下来。夜幕降临的时候,他乘人不备悄悄打开房门,溜了出去……

刚出门就有一趟通往特拉维夫的班车,他跑了几步,跳了上去。进城后,他径直来到索莱尔·卜那赫五金和工程器械经销处。没人注意到他走进了这栋大楼。

这是星期二凌晨发生的事儿。

星期二上午上班时间,人们发现市中心艾伦比街与罗斯希尔德大道的十字路口出现了交通堵塞。天快亮的时候,十字路中心搭起了一个帐篷,四个方向各有一条红色标识,写着"施工重地,车辆绕行"几个字。六点整,一位中年工人出现在现场,橘黄色工作服,橘黄色安全帽,橘黄色崭新风钻。六点半,风钻开始突突作响,从十字中央向四条街道延伸。挖掘宽度为一米。不久,他关掉风钻,到附近馆子里去吃早饭。

十点时,十字路口已一片狼藉。四面的汽车被堵在街上,鸣号声此起彼伏,一步都动弹不了,车队一直延伸到郊区。警察成群结队,乱作一团,举着喇叭大声吼叫,可不久也被挖掘器械的声音淹没。

中午,公安部的头头亲自出马,来到现场。他对着在场的二十二位各分局局长大发雷霆,要求他们不惜一切代价,尽快恢复秩序。喊完话,从汽车中间拐来拐去,来到市政府办公大楼。公交已经瘫痪,救护车、消防车发出震耳欲聋的笛声,可一步也走不了。

在这地狱般的混乱当中，只有一个人头脑清醒，那就是忙着挖掘的护路工卡西米尔·布劳弥尔希。超大号风钻在他手里突突突突响个不停，他正沿着艾伦比街从十字路口向海边挖过去。

公安部领导没有找到市政府市政设施管理局局长库伊比谢夫博士。局长去耶路撒冷出差了。副局长一副心不在焉的样子，对大街上发生的事件漠不关心。他只答应公安部领导，等库伊比谢夫局长回来后，马上让工程叫停。随后，他往耶路撒冷发了一份电报。

市长闻风后，责令秘书立刻来到现场，进行实地调查。秘书步行到艾伦比街，越过警察的三重警戒线，深一脚浅一脚走到了忙得不亦乐乎的护路工身边，趁着机器几秒钟的间歇，他问道："你们的活儿什么时候能完工？"

卡西米尔·布劳弥尔希只顾干活儿，没有作答。市长秘书又问了一句，他挺起身来，转过脖子，很不耐烦地丢给他一个字："驴！"

警察动用了超人的力量，终于让十字路口附近平静下来。累垮了的警察被允许离开，又在一公里外开始疏散车辆。一位分局局长写了两份报告，一份送往市政府，一份送往索莱尔·卜那赫五金和工程器械经销处。

两天后，库伊比谢夫博士才收到电报。他马不停蹄地从耶路撒冷打道回府。一进办公室，大吃一惊。他的办公室被翻了个底朝天。市政设施管理局的处长科长们打开他所有的文件柜、抽屉、图书室，寻找艾伦比街街道维护工程的图纸。他们翻到两份图纸，可不知道哪份是眼下正在实施的工程。

库伊比谢夫博士要来了这两份图纸，仔细研究了一番，认为与排水管道系统有关，便将图纸送往排水管道处处长办公室。处长正在海法验收一项重要的排水工程。下属将图纸用快递送往海法，可被打了回来，还附了一张便条，大概意思是，特拉维夫整个市区没有排水系统，肯定是哪里出现了误会。

就在这几天，库伊比谢夫被调往商业部任职，接替他的是海姆·普非芬斯坦博士。普非芬斯坦翻出相关文件研究了很长时间，用红笔在其中几个文件上画了大大几个叉，派人送往劳动部，并责问为什么未经市政府有关部门的批准就可以随意在公共区域开工，而且还是大型挖掘工程。

卡西米尔·布劳弥尔希毫不懈息，已经挖到了浪班大街。突突突突，他的风钻每天从早到晚，除了两顿饭时，永不停歇。晚上也在加班！艾伦比街上的居民忍受噪声不在话下，他们发现原本宽阔平整的街道被挖成一片狼藉，中间一条一米宽的沟，碎石瓦砾布满两旁，甚至散落到了人行道上。别说汽车进出，步行都已困难重重。

艾伦比和罗斯希尔德是特拉维夫市中心的交通要道。现在不仅十字路口附近难以通行，特拉维夫全城的交通也已处于瘫痪状态。为了缓解交通，附近的小巷不得不被拓宽，市政府从银行讨来巨额贷款，进行市区道路改造。中央车站不得不迁往北郊，原本属于斯慕克拉比的教会也被迫拆迁。

海姆·普非芬斯坦局长发往劳动部的信函有了回音，可信中语气很不客气。他来到市政府，也没得到预期的回复。倒是索莱尔·卜那赫器械经销处有个回话。该公司的道路建设部经理彼得·阿马尔答应亲自出面调查此事。他们之间的来往信函副本也被送往犹太人定居点办事处。

彼得·阿马尔也答应出面协调特拉维夫市政府和劳动部之间的关系，他还将此决定正式告知国家总工会主席。但是，特拉维夫市长强烈要求必须停止当下的挖掘工程，还把他的命令打印一份寄到各公交公司。

艾伦比街已经不堪入目。路中间一条一米宽的深沟，挖上来的石头水泥混凝土在两侧堆积如山。每天从早到晚，整个街区都被笼罩在灰尘里。自来水总管被钻裂，两层楼高的水柱变成了附近小孩儿最好的玩物。人们纷纷搬家，迁往其他街区。

就在这危急时刻，彼得·阿马尔的聪明才智派上了用场。他将海姆·普非芬斯坦局长召到他的公司，磋商四个小时后，两个人同意先暂停工程进度，等到议会特别委员会调查并做出裁决后再决定是否复工。两个人的意向书副本也被呈交到总理和总统办公室。

这一切其实都是白费力气。半个月前，卡西米尔·布劳弥尔希的挖掘路线朝左拐了一个弯儿，星期四凌晨五点，到达海边。

随后所发生的一切没有什么新奇之处，也就不用我细细描述了。

原来的艾伦比街现在变成了一条运河，海水涌了进来，一直流到罗斯希尔德大道。特拉维夫的聪明人马上有了新的生意。摩托艇的士开始游弋在过去的大街上招揽生意。私家摩托艇也越来越多，大有堵塞水上交通的嫌疑。搬走的人又搬了回来，艾伦比"街"恢复了往日的正常生活。

运河开通仪式上，市长发表了热情洋溢的讲话，高度表彰索莱尔·卜那赫五金和工程器械经销公司对特拉维夫市政建设所做出的巨大贡献。他说，如此巨大的工程能够如期完工，实属不易。最后，在一片掌声中，市长宣布特拉维夫从今天起更名为"中东威尼斯"。

附录：关于巴彦疯人院的一点注解

巴彦疯人院名气颇大。能让你进去，那是你莫大的荣幸。在世界其他地方，如果一个人像乌鸦一样大喊大叫，就会被诊断为疯子，但在以色列，这人就会被看作是从某个遥远的地方（如吐蕃）刚到的移民。如果这人把菠菜汁涂满一脸，那极有可能是从玻利维亚来的。真正的疯子必须具备一流的表演才能，否则在以色列这个国度，他是不会引起人们注意的。

某个星期二一大早，我正坐在地中海的海滩上享受清凉的微风，过来一位胡子拉碴的斗鸡眼汉子，问我能否坐在我旁边。

"打扰您了，先生，"坐定后，他说，"您能否给我十块钱？"

我有些紧张，但还是壮着胆问道："您是根据哪一条法律认定我欠您十块钱的？"

陌生人很有节奏地点着头，仔仔细细地告诉我他这一要求的依据。

"我是个疯子，先生，"他的声音很平稳，很冷静，也很自信，接着说，"您看上去是个聪明人，所以我肯定您一定明白我说这话意味着什么。根据我国现行法律，我有权撕裂您的喉咙，肢解您的身体，如果本能让我这么做，我还能够把您剁成肉酱。他们会怎样对待我？我想不用我多解释您也明白，我会被再次送进那所疗养院。我就是两天前趁护理工不备从那儿逃出来的。这责任都在护理工身上，与我关系不大。请看，这是关于我病情的公证书的副本。"

他每说一句话，我的神经就拉紧一次。他材料齐全，而且说话有条有理，一点不像在胡说八道。虽然他的两眼冒着火焰，但说话句句深思熟虑。

"您还磨蹭什么，先生？"陌生人继续说，"是想为您自己惹点麻烦，对不对？想仅仅为了十块钱把您自己搞得狼狈不堪，对不对？先生，请相信我，我本人并不愿意发作，可如果您逼着我这么做……我开始数，数到三……经验告诉我，如果我开始口吐白沫，那就意味着我已无法控制自己。到那时候，就只能看上帝是怎么想的了。好，一……二……"

"且慢！"我打断他，"在您继续数数之前，我想郑重告诉您一件您绝对不能忽视的事实。您看，我很正常，对吧？可我必须向您坦白……没有外人，只有咱俩，所以我也不怕丢脸……我是一位持有百分之百合法证件的疯子，一位活体解剖专家。疯狂的基因流淌在我的血脉里。我随时携带一把生锈的宝刀，就在我衬衣口袋里。好了，不说这些了。能认识您我很荣幸……"

陌生人脸色唰的一下变得惨白，我能感觉得到，我说的话对他产生了意想不到的作用。我一只手伸进衬衣口袋时，他尖叫着，冲进沙漠中淡淡的暮色里。

我站起身来，走向公交站。"都给我让开，我是疯子！"我大喊一声，排队的人顿时为我让开了一条宽阔的大道。我不用排队，上了车，稳坐在第一排，回到了家。